UM CARINHO NA ALMA

BRÁULIO BESSA

UM CARINHO NA ALMA

Ilustrações **André Nódoa**

SEXTANTE

Edição: *Nana Vaz de Castro*

Revisão: *Ana Grillo, Hermínia Totti e Suelen Lopes*

Projeto gráfico: *Ana Paula Daudt Brandão*

Diagramação: *Valéria Teixeira*

Design de capa: *Delantero Comunicação*

Foto de capa: *Igor de Melo*

Ilustrações de miolo e capa: *André Nódoa*

Impressão e acabamento: *Associação Religiosa Imprensa da Fé*

CIP-BRASIL. CATALOGAÇÃO NA PUBLICAÇÃO
SINDICATO NACIONAL DOS EDITORES DE LIVROS, RJ

B465c Bessa, Bráulio
Um carinho na alma/ Bráulio Bessa. Rio de Janeiro: Sextante, 2019.
144 p.: il.; 14 x 21 cm.

ISBN 978-85-431-0846-9

1. Poesia brasileira. 2. Narrativas pessoais. I. Título.

19-59154 CDD: 869.1
CDU: 82-1(81)

Rua Voluntários da Pátria, 45 – Gr. 1.404 – Botafogo
22270-000 – Rio de Janeiro – RJ
Tel.: (21) 2538-4100 – Fax: (21) 2286-9244
E-mail: atendimento@sextante.com.br
www.sextante.com.br

Dedico este livro a minha família, amigos, esposa, cachorros e, claro, a você, leitor que me quer bem. Vocês são um carinho em minha alma.

Seu coração escritor
nos trouxe mais uma peça.
Das origens do carinho,
que é onde o bem começa.
Receba com toda a calma
esse carinho na alma
do poeta Bráulio Bessa.

— ROBERTO ALVES
Poeta e repentista altossantense

Sumário

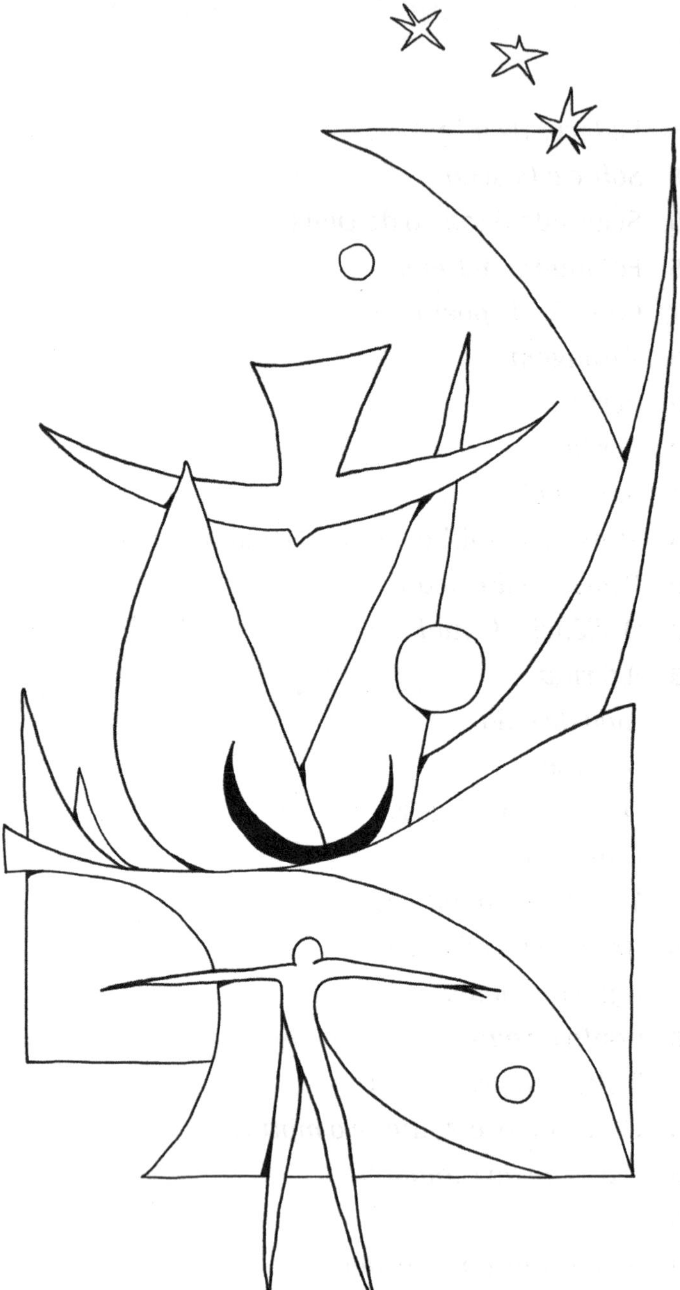

Apresentação

Eu tinha 14 anos quando descobri a poesia através dos versos do meu conterrâneo Patativa do Assaré. Pronto. Botei na cabeça que seria poeta! Comecei a escrever sobre todo o universo que me abraçava: os meninos jogando bola no terreiro lá de casa, um passarinho cantando no galho do pé de goiaba do quintal, vovó fazendo doce de leite no fogão a lenha, as batidas do martelo de vovô na sapataria, tudo aquilo era poesia. Poesia com som, com cheiro, com sabor; poesia com vida. Eu só precisava encontrar as palavras dentro do meu coração pra materializar tudo aquilo em versos rimados como os de Patativa.

Uma vez na escola, uma professora perguntou a cada aluno:

– O que você quer ser quando crescer?

E tome dentista, tome advogado, tome engenheiro, tome policial...

Nessa hora percebi que existia um espaço em branco enorme dentro de mim. Vendo meus colegas falando aquilo com tanta firmeza, e eu, aperreado, pensando no que iria dizer, porque não fazia ideia. Eu só sabia que queria "prestar". Era assim que vovô falava: "O cabra, pra ser respeitado na vida, tem que prestar!"

No final das contas, chegou minha vez e falei qualquer coisa que me veio à cabeça. Deve ter sido algo muito sem graça, pois nem me lembro.

Depois que comecei a escrever, tudo se transformou. Esperei ansioso o momento em que alguém iria me perguntar o que eu queria ser quando crescesse. E chegou. Mais uma vez, na escola.

– E você, Bráulio, o que quer ser quando crescer?

Respondi na hora:

– Eu já sou! Eu sou poeta!

Eu tinha só 14 pra 15 anos, mas já carregava esse sentimento de "ser" alguém, de servir pra alguma coisa boa, esse sentimento de prestar! Aquilo foi muito importante para que eu chegasse até as palavras que você está lendo neste livro.

O fato é que quando sonhei e, acima de tudo, acreditei que seria possível me tornar escritor, eu imaginava que minha alma, através da minha poesia, viajaria o mundo ao encontro de muitos corações. Me via sentado numa rede na varanda, uma garrafa de café no chão, uma pequena máquina de escrever em cima de um tamborete, e no teco-teco de cada letra no papel, espalhar poesia pelo mundo. Achei que minha alma viajaria muito, mas meu corpo não.

Acontece que comecei a ser convidado para ministrar palestras em todo o Brasil e fora dele. A poesia me permitiu conhecer cada canto deste país tão grande e sua gente, maior ainda. Como nosso povo é grande! Grande em cultura, história, coragem, inteligência e, principalmente, grande em esperança.

Não importa a quantidade de gente que esteja na plateia. Acabou a palestra, pode fazer a fila que recebo todos, bato retrato, dou autógrafos, abraço e cheiro cada uma daquelas pessoas que me querem tanto bem. Já cheguei a ficar seis horas seguidas atendendo o pessoal depois de um evento.

Esse contato, além das telas frias de celulares, tablets, computadores e TVs, me permitiu sentir na pele o bem que a poesia tem feito às pessoas. A cada selfie, uma história; a cada autógrafo, um abraço tão sincero, sorrisos, lágrimas, tantas emoções misturadas.

Quando lancei *Poesia que transforma*, escolhi esse título por ter convicção do poder transformador da poesia em nossas vidas. Digo "nossas" porque eu mesmo fui transformado pela poesia, e desde então soube que era realmente possível transformar. Passar de *transformado* a *transformador*.

O livro se tornou um fenômeno e o vento quente do sertão espalhou pedaços de minha alma por todo canto.

Sei que milhões de pessoas me assistem toda semana na TV, sei que meus poemas se tornaram virais nas redes sociais e em grupos de WhatsApp, mas foi nas sessões de autógrafos de *Poesia que transforma* que pude realmente entender o significado da minha poesia para esse povo. Olhando nos olhos de cada uma daquelas pessoas que, pacientemente, resistiam às filas gigantescas que não cabiam nas livrarias, ouvindo a voz ao pé do meu ouvido, abraçando e sentindo o cheiro de cada leitor.

Eu já havia começado a escrever este livro e estava matutando no título. Queria que fosse algo simples e sincero, mas que traduzisse toda a intenção que existe dentro de cada poema que escrevo. Num caderninho eu anotava toda ideia que surgia e que poderia virar nome do meu novo filho. Até que, em uma dessas filas gigantescas, uma senhora de lenço na cabeça e cabelos brancos me abraçou com uma ternura que fez com que eu me sentisse nos braços de minha vó Maria, e disse:

– Meu filho, você está sempre em minhas orações. Cada palavra sua é um carinho na alma da gente.

E foi ali, dentro daquele abraço de vó, que este livro foi batizado.

Espero que cada palavra, da primeira até a derradeira página, também seja pra você *um carinho na alma*.

Galope à beira-mar

Eu sou Bráulio Bessa, filho de Alto Santo,
nascido e criado na terra da luz,
comedor de tripa, pirão e cuscuz.
Escrevo e declamo no riso e no pranto,
espalho poesia por tudo que é canto,
por essa estrada escolhi caminhar.
Só paro no dia em que Deus me parar,
dizendo: – "Meu filho, venha aqui em cima
mostrar para os anjos como é que faz rima
cantando galope na beira do mar."

Sempre haverá um alguém

Se por acaso você
não conseguir caminhar,
se seus pés enfraquecerem,
se a estrada se alongar,
Sempre haverá um alguém
capaz de lhe carregar.

Se por acaso você
sentir a alma sangrar,
e se a alma ferida
fizer seu corpo chorar,
Sempre haverá um alguém
capaz de lhe consolar.

Se por acaso você
sentir o mundo escapar,
se tudo for só silêncio,
se a solidão maltratar,
Sempre haverá um alguém
capaz de lhe abraçar.

Se por acaso você
não conseguir se enxergar,
perdido dentro de si,
vendo tudo se apagar,
Sempre haverá um alguém
capaz de lhe encontrar.

Se por acaso você
sentir a vida açoitar,
e na hora da agonia
você se desesperar,
Sempre haverá um alguém
capaz de lhe acalmar.

Se por acaso você
vir tudo se apressar,
se todo mundo correr,
se o tempo acelerar,
Sempre haverá um alguém
capaz de lhe esperar.

Se por acaso você
deixar de acreditar,
se a própria humanidade
decidir lhe enganar,
Sempre haverá um alguém
capaz de lhe inspirar.

Se por acaso você
sentir medo de amar,
se achar que não é mais
possível se apaixonar,
Sempre haverá um alguém
capaz de lhe conquistar.

Sempre haverá amor,
sempre haverá o bem,
numa via de mão dupla
com a força de um trem.
Alguém ajuda você
e você ajuda alguém.

Já que sempre haverá
alguém pra lhe entender,
lhe carregar, acalmar,
abraçar quando doer,
alguém pra lhe confortar
quando o mundo lhe bater.

Já que sempre haverá
alguém pra lhe socorrer,
só é preciso ser justo
e grato pra perceber
que sempre haverá alguém
precisando de você.

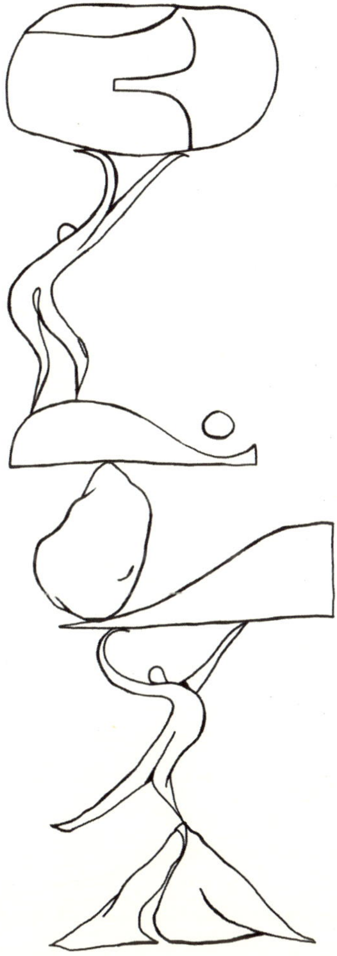

Sua voz

Quando a vida lhe cobrar
uma grande decisão,
escute um conselho amigo,
aceite uma opinião,
mas antes de decidir
decida também ouvir
a voz do seu coração.

Pois quando o coração fala,
o próprio coração sente.
E essa voz bem baixinha
que sai do peito da gente
às vezes nem é ouvida,
mesmo sendo mais sabida
do que os gritos da mente.

Escute mais sua voz
e menos a voz do mundo.
Afinal você conhece
o que há de mais profundo
no seu verdadeiro eu,
do momento em que nasceu
ao derradeiro segundo.

É nesse breve intervalo
do nascimento à morte
que ouvimos tantas vozes:
a fé, a dúvida, a sorte,
a tristeza, a esperança.
Mas, se botar na balança,
sua voz é a mais forte.

Escute sua risada
sem medo de incomodar.
Procure no peito tudo
que já lhe fez gargalhar.
Você vai poder se ouvir
e perceber que sorrir
é um jeito de falar.

Escute sua tristeza,
escute sua amargura.
Escutar as próprias dores
nunca foi autotortura.
Na medicina da vida
conhecer cada ferida
é o começo da cura.

Converse consigo mesmo,
comece a se questionar:
pra onde você quer ir,
até onde quer chegar.
Pergunte por que seguir.
Quando a resposta surgir,
se aprende a não parar.

Não parar de se ouvir,
não parar de se amar,
não parar de se sentir,
não parar de duvidar
daquilo que o mundo diz
pra lhe fazer infeliz
na busca de lhe parar.

Não parar de escutar
o que sua alma grita,
não parar de acreditar
que a vida é mais bonita
pra quem se escuta e vive
acreditando inclusive
no que ninguém acredita.

Escute sua risada
sem medo de incomodar.
Procure no peito tudo
que já lhe fez gargalhar.
Você vai poder se ouvir
e perceber que sorrir
é um jeito de falar.

brauliobessa

#UmCarinhoNaAlma

Sobre felicidade

Que mania estranha a nossa
de cobiçar o alheio.
O mundo de alguém ser belo
não faz seu mundo ser feio.
Tem gente que passa fome
com o próprio prato cheio.

Me diga um só fí de Deus
que tem a vida perfeita,
da manhã que se levanta
inté a noite que deita.
Se existe vida assim,
quem escondeu a receita?

Cada um tem o sorriso
e a dor que lhe convém.
Tudo que vai abre espaço
pra tudo aquilo que vem.
Feliz na vida é quem é
feliz com a vida que tem.

Partiu Rua dos Alípios

Não tenho conhecimento nem criatividade suficiente pra calcular a real dimensão do mundo. Tantos lugares, tantas pessoas, tantas culturas, tantos sons, tantos cheiros e sabores. Mas, se Deus me permitisse escolher o lugar em que passarei meu último dia de vida, não pensaria nem meia vez e lhe responderia, com hashtag e tudo: #PartiuRuaDosAlípios, mais conhecida como "a rua lá de casa".

Chegando a Alto Santo, vindo de Fortaleza, segue reto a vida toda até o beco de Seu Vicente Claudino. Antes de quebrar à direita, indico uma parada pra tomar o famoso caldo de Seu Vicente e chupar um dindim de coco queimado de Dona Cira. Aí sim, de bucho cheio, desce reto rumo à pracinha. Pronto, chegou dentro de mim.

A praça em si nem era tão bonita. Bonita mesmo era a felicidade que ela nos proporcionava. Acho que ela era bonita por dentro! Brinquei de tudo naquele pedaço de concreto enfeitado de pés de castanhola. Pega-pega, esconde-esconde, roubar bandeira, garrafão, bila, nota, tampa, travinha, acusado, chuta o tubo, João ajuda, elástico, pular corda, macaca, sete pecados, mata-mata, passa anel, vivo e morto, cai no poço... Enfim, brinquei de ser livre, de ser vivo, de ser criança. Se juntar todos os chaboques de dedo e couros de joelho que deixei naquele chão, dá pra fazer mais dois ou três poetas.

Lembro quando papai comprou minha primeira bicicleta, uma Monark marrom que Ademar vendeu porque tinha comprado uma Caloi novinha pra Jocemar. Eu devia ter uns

5 ou 6 anos, mas lembro exatamente da emoção e da alegria que senti quando vi meu pai entrando em casa com ela na mão. Eu lavava a bicicleta todo dia, só faltava passar perfume. Como nunca havia andado de bicicleta, precisei do auxílio das rodinhas de apoio nos primeiros dias. Mas sempre que passava um menino na rua andando soltinho eu ficava com vergonha, me sentindo meio infantil aos 6 anos de idade.

Numa manhã de domingo, papai tirou as rodinhas e disse: "Hoje vamos andar na praça."

Eita! A praça era elevada, coisa de um metro do chão, então só andava lá quem já sabia. Senão, a queda era feia!

Para minha sorte, quando chegamos à praça não tinha mais ninguém. Sentei e falei pra meu pai:

– Segura na sela, não me solta.

Quando fui dar a primeira pedalada, chegaram dois coleguinhas andando soltinhos. Na mesma hora, virei novamente e disse:

– Pode soltar, pai!

– Cuidado, a praça é alta, não chega muito perto da beira.

Respondi, cheio de pose:

– Oxente, pai, eu já sei frear!

O freio falhou. E nessa hora lembrei que já sabia frear, mas não sabia fazer curva. Mesmo assim, foi mais ligeiro pra me levantar do que pra cair. Aliás, levantar pra cair de novo, e de novo, e de novo, e de novo...

Esse dia pra mim foi uma lição para a vida toda.

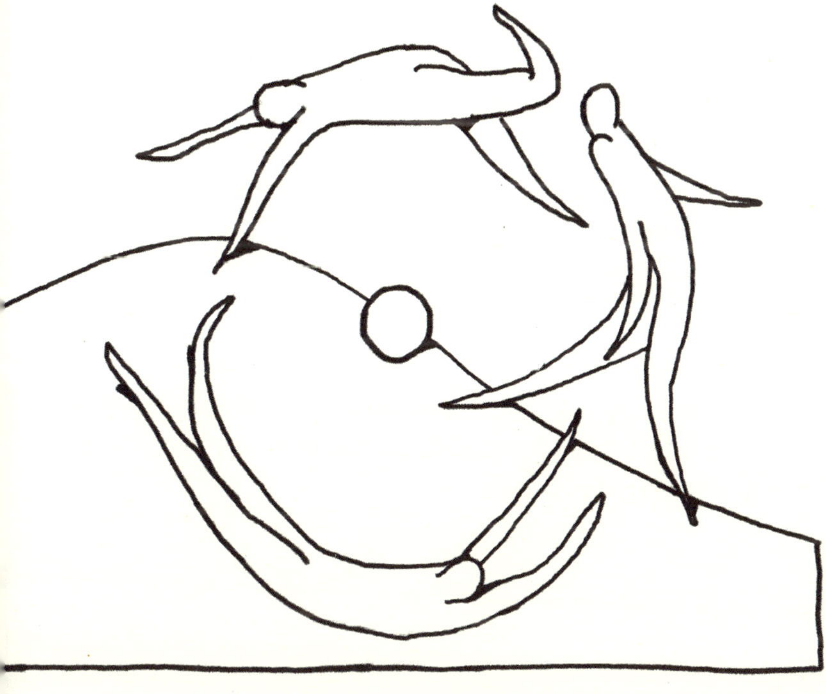

Aprendi que é caindo que se aprende a levantar. Que meu atrevimento, minha coragem, meu desejo de liberdade e independência me trariam um risco muito grande de cair, mas que parado, preso às rodinhas e às mãos de meu pai, de certo modo, eu já estava caído.

A praça continua no mesmo lugar. Escrevo este trecho do livro olhando pra ela, sentado numa cadeira de balanço na calçada da casa de mamãe.

No rádio está tocando "Máquinas humanas", de Bartô Galeno, que por sinal merecia um especial na Rede Globo do naipe de Roberto Carlos. Roberto – o de Maria Nilza – está montando o pula-pula, Valderi já acendeu a churrasqueira, Célia acabou de sair do Mercantil de Seu Nonato de Agripino com dois litros de óleo nas mãos, certeza que é para fritar os salgados de hoje à tarde. E olhando com mais esforço, ainda consigo enxergar, do outro lado, Tereza Flor com um lenço na cabeça rezando um terço escorada na janela. Afinal, a conexão com Deus é importante, mas os movimentos da rua e a vida alheia também. Por falar nisso, daqui a pouco vou lá entregar uma medalhinha de Nossa Senhora Aparecida que comprei pra ela.

Literalmente, deixei pedaços de mim nesse lugar – e não foi só couro de joelho e chaboque de dedo. Essa rua, essa praça, tem pedaços de minha alma.

Peço a Deus que meus filhos possam brincar, correr, cair, levantar, pular, sorrir e até chorar no exato lugar em que eles começaram a existir. Afinal, quando o amor dos nossos pais nasce, a gente já nasce junto. E foi justamente aqui que beijei a mãe deles pela primeira vez.

O lugar em que nasci e fui criado

Viajei em meu carro de madeira
na estrada que o tempo projetou.
O menino aqui dentro me guiou
e a saudade foi a minha passageira.
De repente avistei uma porteira
com a placa: Bem-vindo a seu passado.
Nessa hora o meu peito acelerado
pisou forte no freio da lembrança.
Tem pedaços do meu tempo de criança
no lugar em que nasci e fui criado.

Eu corria descalço nesse chão
que fervia na quentura do sol quente.
Não ficava cansado nem doente,
não tomava comprimido ou injeção.
Brincadeiras de polícia e ladrão
sem ninguém precisar andar armado,
com cipó o bandido era algemado
e um grito da mãe era a fiança.
Tem pedaços do meu tempo de criança
no lugar em que nasci e fui criado.

Num cavalo de pau eu galopava
levantando a poeira do terreiro.
Não comprava brinquedos com dinheiro,
porém tinha o que o dinheiro não comprava.
Um centavo sequer ninguém pagava
pra ser livre e correr por todo lado.
O boleto por Deus era quitado,
incluindo liberdade e segurança.
Tem pedaços do meu tempo de criança
no lugar em que nasci e fui criado.

São João tinha milho na fogueira
temperado com a nossa tradição.
Eu garanto, a comida do sertão
é melhor que comida estrangeira.
Vó dizia: – “Menino, vá na feira!”
Eu corria feliz e avexado.
Não sabia o que seria preparado,
mas sabia que mais tarde enchia a pança.
Tem pedaços do meu tempo de criança
no lugar em que nasci e fui criado.

Se chovia, corria pra biqueira,
tomar banho com toda a meninada.
Namorava sentado na calçada,
encostando cadeira com cadeira.
Tinha fé no poder da rezadeira
que curava quebranto e mau-olhado.
Um forró pé de serra bem tocado
garantia o sorriso e muita dança.
Tem pedaços do meu tempo de criança
no lugar em que nasci e fui criado.

Mesmo tendo fruta lá na geladeira,
inventava de roubar seriguela.
De repente um gritava: – “Lá vem ela!”
Era grande o pinote e a carreira.
No pescoço carregava a baladeira
e o bornó de retalho pendurado.
Ah, se o tempo pudesse ser domado,
mas é bicho feroz que não se amansa.
Tem pedaços do meu tempo de criança
no lugar em que nasci e fui criado.

Tantos banhos de rio e de açude,
tanta coisa carrego aqui comigo.
Cada canto, cada dia, cada amigo,
cada história da minha juventude.
Quer saber quem é rico em plenitude?
Observe o extrato retirado.
Se no cofre da alma está guardado
pelo menos um pedaço dessa herança.
Tem pedaços do meu tempo de criança
no lugar em que nasci e fui criado.

Cuscuz

Pra quem é inteligente
tá bem claro e evidente
que cuscuz com leite quente
é melhor que muita gente.

Quanto vale um amigo?

Amizade não se compra,
não se vende em prateleira.
Não tem promoção de amigo
no shopping, nem lá na feira.
Um amigo é um presente
de graça, mas faz a gente
ser rico pra vida inteira.

Leva tempo

Desliguei meu coração
quando você me deixou.
Nosso fogo se apagou
na lama da traição.
As cinzas da solidão
transformaram luz em treva,
mas esse breu que se eleva
um dia volta a brilhar.
Leva tempo pra passar,
mas o próprio tempo leva.

A arte do tempo

O tempo...

Sempre vivo e indeciso,
ora corre, ora voa,
consegue curar feridas,
no mesmo instante as magoa.
Ninguém escapa do tempo
invisível feito o vento
que toca qualquer pessoa.

O tempo me modelou,
me arrancou do meu ninho,
clareou os meus cabelos,
me bateu, me fez carinho.
O tempo me fez voar,
me ensinou a caminhar,
mas não mostrou o caminho.

Por tanto tempo o tempo
fez papel de diretor,
um roteirista confuso,
ora ódio, ora amor,
gritando silencioso,
tão claro e misterioso
feito o mar pro pescador.

O tempo me fez poeta,
artista, palco e cenário,
me fez imaginação,
aí, encontrou um páreo,
pois, para o tempo, o artista
sempre foi um adversário.

Só o artista segura
e faz parar o ponteiro
que faz o dia ser noite
e último ser primeiro,
e que tem a ousadia
de determinar o dia
que será o derradeiro.

A liberdade da arte
deixa o tempo aprisionado,
faz o relógio da vida
adiantado, atrasado,
e num segundo de paz
toda guerra se desfaz
se o relógio for parado.

Já que o tempo é infinito
e o artista o domina,
ser eterno e ser mortal
talvez seja minha sina,
atuar num espetáculo
que nunca fecha a cortina.

A única previsão
que é certa sobre o tempo
é que ele vai passar.
Por isso cada momento
deve ser aproveitado,
vivido e depois guardado
na caixa do pensamento.

O tempo está sempre vivo
num grande desassossego,
inquieto, inconstante,
é pancada e é chamego,
é solução e problema.
O tempo é só um poema
dizendo: já fui, já chego.

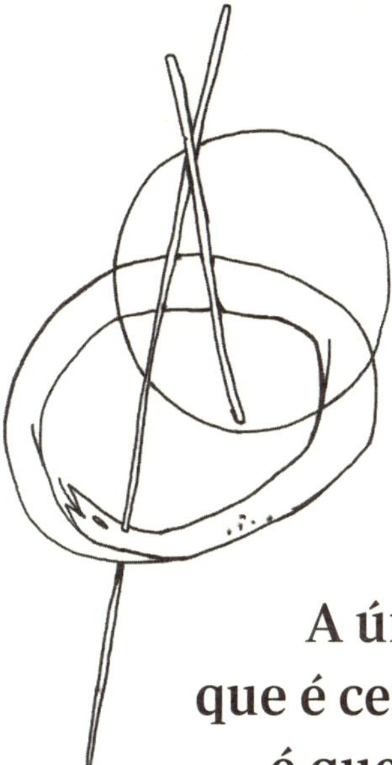

A única previsão
que é certa sobre o tempo
é que ele vai passar.
Por isso cada momento
deve ser aproveitado,
vivido e depois guardado
na caixa do pensamento.

braulioebessa

#UmCarinhoNaAlma

No derradeiro suspiro

No trem que a morte conduz
todo mundo é passageiro.
Ninguém consegue fugir,
ninguém corre mais ligeiro.
E nessa breve viagem
é melhor ter na bagagem
pessoas do que dinheiro.

Se no final dessa vida,
pouco antes de morrer,
no derradeiro suspiro
você pudesse escolher:
segurar a mão de alguém
ou uma nota de cem.
Qual seria sua escolha?
A resposta é evidente,
pois gente que não tem gente
é planta que não tem folha.

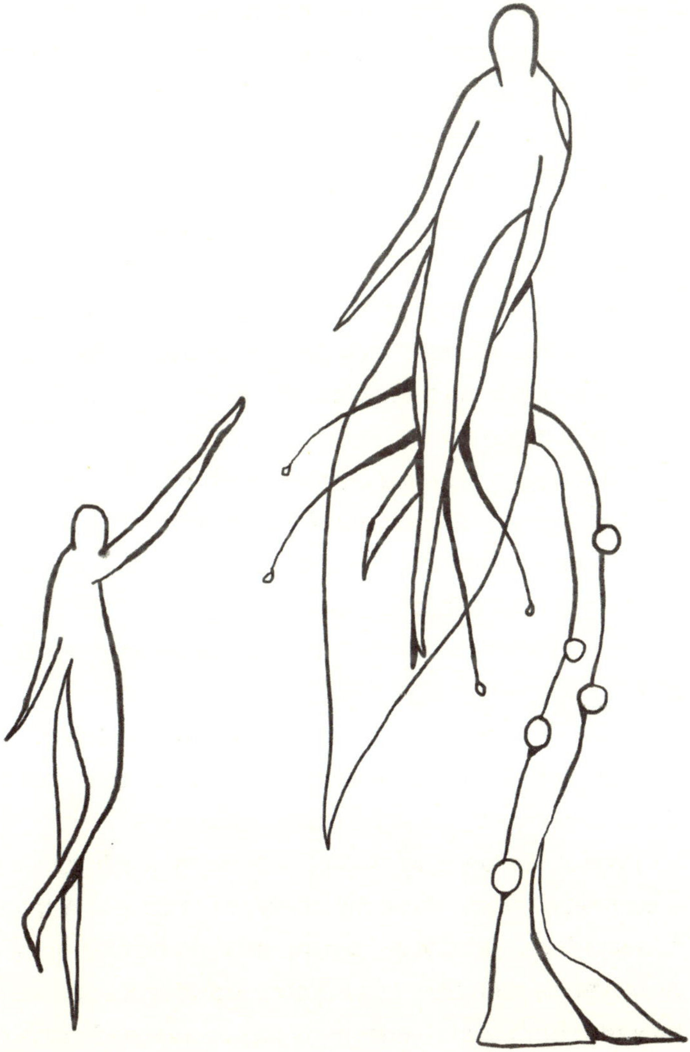

Goiaba tem cheiro de vida

Tinha tudo pra ser só mais uma tarde normal na vida de um menino de 14 anos numa pequena cidade no interior do Ceará. Porém foi naquela tarde que eu descobri *o cheiro da vida.*

O dia começou como sempre começavam os dias. Acordei bem cedinho - como se diz no sertão, "ao cagar dos pintos". Mamãe pediu - pediu não, *mandou* - que eu fosse lá na bodega de Seu Nonato comprar pães e ovos para a merenda. (Nunca me acostumei a chamar essa primeira refeição de "café da manhã", acho *merenda* mais bonito.)

Já fui logo dizendo:

- Mãe, posso comprar o troco de bila?

(Assim como merenda, nunca chamei *bila* de "bola de gude".)

- E fiado lá tem troco? - disse mamãe, achando graça. - É pra anotar na caderneta.

Saí pela porta do quintal, que já ficava de cara com a bodega, e fui.

- Seu Nonato, Mãe mandou o senhor despachar uma dúzia de ovos, dez pães lá da padaria de Elizeu e 50 centavos de bila. Disse pro senhor anotar na conta dela.

Pronto. Escondi as bilas (para mamãe não desconfiar), merendei nas carreiras e me danei pra praça dos Alípios, que, naquela hora, já estava cheia de menino brincando. A praça tinha vários canteiros de terra com grandes pés de castanhola fazendo sombra, ambiente mais do que adequado para passar a manhã inteira jogando bila.

Brincamos até dar 11h30, que era a hora marcada de ir pra casa tomar banho (às vezes só lavava os pés e molhava o cabelo), almoçar e correr pra escola.

Eu estudava na Escola Urcesina Moura Cantídio. Era perto de casa, mas mesmo assim eu sempre pegava carona com o carro da cerâmica de Osair que vinha buscar vovô todo dia e no caminho passava ao lado da escola. Era uma F-1000 vermelha que recolhia todos os peões e levava para o trabalho. Vovô trabalhou por muitos anos nessa cerâmica, que é como chamamos fábrica de telhas e tijolos.

Não lembro da aula nesse dia. Nada me marcou.

Saí da escola às 17h e corri pra casa. Nessa época, meus pais já haviam se separado, e eu, mamãe e meus dois irmãos morávamos na casa de vovô e vovó.

Joguei a mochila num canto e corri pro quintal. Fazia dias que eu vigiava uma goiaba, esperando ela ficar madura. Finalmente havia chegado a hora.

Subi no galinheiro que ficava embaixo da goiabeira e peguei a goiaba. Parecia um troféu nas minhas mãos.

Dei a primeira dentada ali mesmo, debaixo do pé – fica até mais gostoso.

Entrei em casa com a goiaba na mão e já ia saindo pra brincar na calçada, quando lembrei que ainda não tinha pedido a bênção a vovó.

Minha avó, que era uma segunda mãe para mim e meus irmãos, havia sido diagnosticada com um severo câncer de fígado. Ela, que sempre fora uma mulher durona, saudável, cheia de pose, definhou em pouco mais de quatro meses. E alguns dias antes, tinha se prostrado de vez numa cama. Nessa altura da doença, os cuidados eram apenas paliativos. Era um momento muito doloroso. Fazia dois dias que ela apenas delirava, não falava mais coisa com coisa e os olhos não se abriam.

Quando entrei no quarto, mamãe estava sentada numa cadeira. Ao me ver, disse:

– Fique aqui com sua avó um pouquinho enquanto vou passar um café.

Vovó estava de olhos fechados, a respiração tão fraquinha, os ossos já se destacavam em sua pele. Aquela cena me matava por dentro. A impressão era que nem existia mais vida ali. Era como se vovó já estivesse morta.

Foi quando ouvi ela sussurrando alguma coisa. Cheguei bem pertinho de sua boca para tentar entender. E ela disse:

– Eu queria goiaba. Eu queria goiaba.

E rolou uma lágrima em seu rosto.

Perceber que, mesmo naquela situação, no leito de morte, minha vó sentiu o cheiro da goiaba que estava em minha mão, sentiu vontade de comer, criou força para falar, retomou algum fragmento de consciência, talvez tenha conseguido ter uma lembrança da infância (ela já havia me falado que adorava goiaba desde pequenininha), tudo aquilo encheu meu coração de algum tipo de esperança misturada com felicidade. Desde esse dia, goiaba pra mim tem cheiro de vida!

Saí correndo pra chamar mamãe, eu queria muito dar um pedaço da goiaba a vovó, mas claro que não podia. Ela não conseguia mais mastigar nada, estava se alimentando apenas com soro. Mamãe disse:

– Meu filho, sua avó não pode mais comer nada. Os médicos já disseram que, até ela "descansar", só podemos molhar a boca da vovó com algodão úmido. Deus está cuidando dela e da gente.

Saí de lá com raiva de Deus, dos médicos, de mamãe. Voltei pro quintal e, debaixo do pé de goiaba, chorei como nunca havia chorado. Era um choro de tristeza, de revolta, de culpa e, talvez, já de saudade.

Foi a última vez que ouvi a voz de vovó Maria. A noite chegou e, com ela, vieram familiares, vizinhos, amigos, a casa foi ficando cheia. Entendi naquela ocasião que existia aquele costume: quando alguém está perto de morrer em casa, as pessoas vêm para se despedir, dar força à família, essas coisas.

Já era tarde, talvez umas 11 da noite, quando passei no corredor que dava acesso ao quarto e, pela porta, vi vovô sentado numa cadeira posta na cabeceira da cama. Ele estava calado, de cabeça baixa, e passava a mão calejada carinhosamente na testa de sua companheira de vida. Vez por outra, um filho, um parente, um amigo segurava na mão dela.

Dormi. Quando acordei, no dia seguinte, corri para a porta do quarto, queria me certificar de que minha avó ainda estava viva. A madrugada havia passado e meu avô continuava exatamente na mesma posição, fazendo o mesmo gesto de carinho. Tinha mais gente no quarto também.

Sentei numa cadeira de balanço na sala e poucos minutos depois vi meu avô saindo do quarto. Senti uma dormência naquele momento. Um vazio. Eu sabia que ele só soltaria a mão de vovó e sairia daquele quarto quando ela não estivesse mais ali.

E assim foi.

A dor foi terrível. A saudade é valente e latente. Mas saber que, no último suspiro de vida da vovó Maria, tanta gente segurou em sua mão, foi um pingo de felicidade naquela chuva de tristeza.

P.S. Sempre que sinto cheiro de goiaba, tenho certeza de que estou vivo!

Os cabelos prateados dos meus pais

Pelas vezes em que pude aprender
as lições que nenhuma escola ensina.
Pelas curas sem usar de medicina,
pelo pão que me deram pra comer.
Pelas vezes em que, mesmo sem saber,
fui guiado seguindo seus sinais,
enfrentando meus medos mais brutais
com o escudo do metal da proteção.
Vou pintar com a cor da gratidão
os cabelos prateados dos meus pais.

Pelas aulas de vida que ganhei
de quem mais entendia da matéria.
Por aquela "cara feia", firme, séria
que eu vi quase sempre que errei.
Pelos sonhos que já realizei,
inclusive os mais loucos, irreais,
impossíveis, talvez irracionais,
aprendi a voar de pés no chão.
Vou pintar com a cor da gratidão
os cabelos prateados dos meus pais.

Pelas vezes em que não me senti só
mesmo estando só eu e minha dor.
Nessas horas eu sentia esse amor
me abraçando e apertando feito nó.
De repente essa dor virava pó
e as feridas que pra mim eram fatais
como um corte feito por vários punhais
um abraço transformava em arranhão.
Vou pintar com a cor da gratidão
os cabelos prateados dos meus pais.

Quando o tempo feroz acelerar
desviando da nossa juventude,
não há nada a fazer para que mude,
não há freio no mundo pra frear.
O ponteiro insiste em não parar,
pro relógio todos nós somos iguais.
Pai e mãe são eternos, mas mortais,
é saudade que se torna oração.
Vou pintar com a cor da gratidão
os cabelos prateados dos meus pais.

Feliz de quem aprendeu
e hoje pode ensinar.
É correr sem esquecer
quem lhe ensinou a andar.
Feliz de quem dá amor
pra quem só fez lhe amar.

Feliz de quem pode ter
companheiros tão leais.
Feliz de quem agradece
com sentimentos iguais.
Feliz do filho que vira,
um dia, pai de seus pais.

Para Camila

Dizem que ela tem sorte
por viver pertinho "deu".
Porém digo e não gaguejo:
o sortudo aqui sou eu.

Se casar com um poeta
é motivo de alegria,
avalie minha sorte:
casei com a própria poesia.

Se ter

Ir sozinho ao cinema,
visitar uma livraria,
uma cerveja no bar,
um café na padaria.
Ter você pra você mesmo
também é ter companhia.

Nem sempre estar sozinho
é sinal de solidão.
Vez por outra o mundo chama
e a nossa resposta é não,
por ter marcado um encontro
com o próprio coração.

Nem sempre estar sozinho
é sinal de solidão.
Vez por outra o mundo chama
e a nossa resposta é não,
por ter marcado um encontro
com o próprio coração.

brauliobessa

#UmCarinhoNaAlma

Ah, se eu pudesse voltar!

Cair e rolar no chão
sem medo de se sujar,
correr no meio da rua,
não ter conta pra pagar.
Como era bom ser criança.
Ah, se eu pudesse voltar!

Comer goiaba no pé,
soltar pipa, pedalar,
jogar bola no campinho,
ir pra escola estudar.
Como era bom ser criança.
Ah, se eu pudesse voltar!

Ir pra casa da vovó
pra comer e engordar.
Ser sincero e verdadeiro
falando o que quer falar.
Como era bom ser criança.
Ah, se eu pudesse voltar!

Ser o futuro do mundo
e nem se preocupar,
brigar com um amiguinho
e ligeiro perdoar.
Como era bom ser criança.
Ah, se eu pudesse voltar!

Ter amor em seu sorriso
e bondade em seu olhar,
sonhar e ter a certeza
de que vai realizar.
Como era bom ser criança.
Ah, se eu pudesse voltar!

Querer que o relógio corra
fazendo o tempo passar
pra ser grande, ser adulto
e, quando a hora chegar,
dizer repetidamente:
Ah, se eu pudesse voltar!

Saudade de quem se foi

Balançando na rede da lembrança,
enrolado no lençol da solidão,
segurando seu retrato em minha mão,
minha alma não cochila nem descansa.
Serei grato ao tempo que não cansa
e viaja sem perder velocidade
pra num dia qualquer da eternidade
colocar nossas almas frente a frente.
Não há dor que maltrate mais a gente
que o corte da navalha da saudade.

Ter paciência é um dom.
Ser impaciente também!

Irmão

É a ponte que atravessa
a estrada percorrida
e nos transporta de volta
lá pro começo da vida.
Irmão é a segurança
de que o tempo de criança
jamais será esquecido.
Basta um gesto, um olhar
pro coração recordar
de tudo que foi vivido.

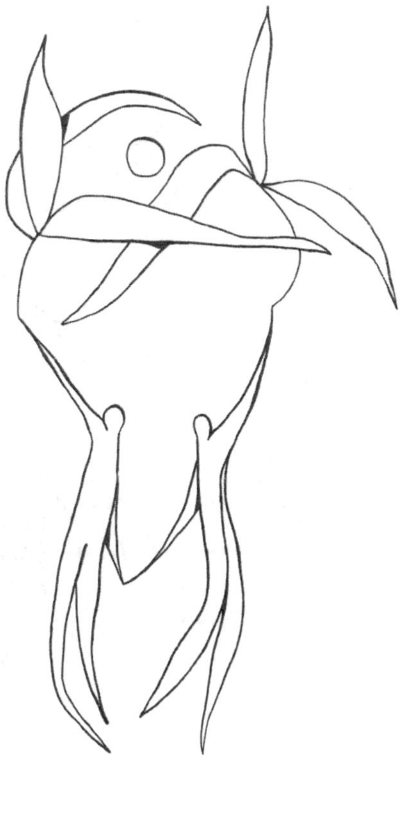

Irmandade

Meus irmãos são como meus filhos. Sou quatro anos mais velho que Bruno e sete anos mais velho que Vitória. Eles foram meus primeiros parceiros em tudo. O que a gente tinha era dividido, e o que faltava pra um, faltava pra todos.

Desde criança sempre me senti responsável por eles, e isso continua até hoje. Nem acho que tenha relação com a separação dos meus pais, que aconteceu quando éramos crianças. É uma coisa minha, mesmo, um cuidado, um zelo, uma preocupação, que por muito tempo jogou um peso grande nas minhas costas. Eu achava que tinha que garantir o futuro deles. Se eles não conseguissem vencer, eu tinha que vencer por eles. Cresci com essa preocupação excessiva e desproporcional em relação a eles, quase querendo desempenhar o papel de pai.

Bruno e Vitória me respeitam muito, e eu muitas vezes me esqueço até de mim pra pensar neles. Uma vez vi um padre citando, se não me engano, Joanna de Ângelis: "Quem se dedica a enxugar as lágrimas dos outros não tem tempo para chorar." Acho que é bem isso!

Nossa relação sempre foi próxima e íntima, mas depois de adulto me tornei muito mais amigo dos meus irmãos. Antes, eu queria fazer o papel de pai. Hoje, eles são, acima de tudo, meus amigos. (E me dão carão também, quando eu preciso ouvir.)

Passamos juntos por coisas muito duras. E foi nessas ocasiões que estivemos mais próximos. Por exemplo, quando nossa mãe sofreu um acidente gravíssimo de moto e teve traumatismo craniano, com exposição de massa encefálica. Acho que foi o momento mais difícil da nossa vida.

Nesse dia, quando cheguei ao hospital aqui de Alto Santo, vi minha mãe praticamente morta em cima de uma maca, com muito sangue. Vitória já estava lá. Mesmo destruído, vendo minha mãe naquela situação, também fiquei preocupado com minha irmã, que estava passando mal. Genileuda, a enfermeira, me pediu que segurasse a cabeça da minha mãe, para suturar os cortes. Fiquei segurando a cabeça dela, que estava em coma e não tinha reação alguma, e o tempo todo preocupado com Vitória e Bruno.

Pela gravidade da situação, foi preciso transferir mamãe para Fortaleza, porque em Alto Santo não havia UTI. Genileuda suturou os cortes enormes na cabeça dela (o crânio chegou a abrir um dedo, dava para ver dentro), puseram a máscara de oxigênio, colocaram na ambulância e eu pulei lá dentro para acompanhar. Minha irmã ficou, e a gente não sabia onde estava o meu irmão, porque não tinha dado tempo de avisar.

No caminho até Fortaleza, eu fui orando muito. Não sei se havia perdido a esperança de que mamãe sobrevivesse, com tudo que tinha visto no hospital e ouvido o médico falar, mas naquele momento eu até abri mão de pedir pela vida dela: minhas orações todas eram pedindo forças para cuidar dos meus irmãos. Eu só conseguia pensar neles e em como as coisas iam ser difíceis. Não tínhamos mais avó nem avô, éramos só nós, e nosso pai estava em São Paulo. E eu, que sempre tive essa coisa de ser responsável por eles, pensava: e agora? Não pedi misericórdia a Deus para salvar a vida da minha mãe, eu tinha consciência de que Ele sabia o que era melhor para ela. Eu só pedia força para cuidar deles: "Ô meu Deus, eu tô perdendo minha mãe. Me dê força e sabedoria para cuidar dos meus irmãos, porque agora eles só têm a mim." Eu tinha 21 anos, eles dois eram adolescentes.

Chegamos a Fortaleza, levaram minha mãe para a UTI, onde eu não podia entrar. Eu estava descalço, sem um real no bolso, e não tinha para onde ir. Saí do hospital, sentei em um banquinho de cimento que ficava em frente, e fiquei esperando. Eu orava por ela, mas não conseguia tirar eles dois da cabeça. Por um momento eu esquecia até da dor que eu ia sentir perdendo a minha mãe, e de tudo o que eu teria de enfrentar. Ficava mais preocupado com o que eles iam sentir, como é que ia ser a vida deles. E isso, nesse momento, nos uniu muito.

No fundo, eu tive sorte de ter ido na ambulância. Embora estivesse sofrendo lá no hospital, eu sabia que mamãe estava viva. Para eles dois foi torturante, porque ficaram em casa, e cada vez que o telefone tocava, eles achavam que era pra dizer que mamãe tinha morrido. Houve momentos em que eles acharam que ela tinha morrido e ninguém queria dizer.

Dois dias depois, mamãe acordou. Foi um processo lento de recuperação, levou mais de vinte dias até ela poder voltar para casa. Finalmente ela voltou, chegou num dia e, no dia seguinte, já queria costurar! Hoje ela não tem sequela alguma.

Foi nesse período que eu e meus irmãos mais nos aproximamos. O medo de perder minha mãe e de ter que assumir realmente o cuidado e a responsabilidade pela vida deles foi definitivo para essa aproximação, porque eu percebi o quanto eles eram importantes para mim.

Deus não levou nossa mãe, nosso pai voltou de São Paulo, o tempo passou, somos todos adultos, criados, e eu continuo me sentindo meio pai e mãe dos meus irmãos.

Ensinar pra aprender

A cada filho que nasce,
nasce uma nova lição.
Os pais aprendem que amor
não combina com razão.
Não tem regra a ser seguida,
não tem peso nem medida.
Tá na essência do ser,
de apenas ser amor.
Todo filho é um professor
que ensina pra aprender.

Tão pequeno eu ensinei
o dom de se agigantar.
Vi mãe dobrar de tamanho,
vi pai se multiplicar.
Multiplicar coração,
multiplicar nosso pão.
E aprendi pra também ser
um bom multiplicador.
Todo filho é um professor
que ensina pra aprender.

Foi quando fiquei doente
que ensinei a medicina
que nenhuma faculdade
desse mundo nos ensina.
Meus pais munidos do dom
de fazer eu ficar bom
e poder compreender
a cura através do amor.
Todo filho é um professor
que ensina pra aprender.

Foi quando triste chorei
por não ganhar um presente
que ensinei a meus pais
a me ensinar diferente.
Aprendi nesse estudo
que não podia ter tudo,
e que pra poder colher
tem que ser um plantador.
Todo filho é um professor
que ensina pra aprender.

E quando sonhei tão alto
que não podia alcançar,
vi meus pais criando asas
pra me ensinar a voar.
Aprenderam a abrir mão
da segurança do chão,
ajudando a acender
a chama de um sonhador.
Todo filho é um professor
que ensina pra aprender.

Ensinei e aprendi
quando segui meu caminho
que mesmo distante e só
eu nunca estive sozinho.
Mesmo sem a tal presença,
de longe eu pedia a bença
pra mode me proteger
de todo perigo e dor.
Todo filho é um professor
que ensina pra aprender.

Seja pai, mãe, seja filho,
não é difícil entender:
o que importa é a troca
de sentimento e saber,
e na escola do amor
qualquer um pode aprender.

Cuidado

Quer uma dica? Se cuide.
Ore, estude, se alimente.
Fortaleça sua alma,
seu corpo e sua mente.
Procure se conhecer,
encontrar o seu poder
pra poder fazer o bem.
Se ajude pra ajudar.
Se você não se cuidar,
não vai cuidar de ninguém.

O que aprendi chorando

Quando a lágrima escorre
pelas curvas do meu rosto,
na boca sinto seu gosto
enquanto ela me socorre.
Pois de chorar ninguém morre,
ninguém quebra, só inclina.
Todo choro é uma vacina
que pode estar nos salvando.
O que aprendi chorando
sorriso nenhum ensina.

Quando chorei de saudade
foi que pude observar
que ela só vem maltratar
quem foi feliz de verdade.
Tem gente que tem vontade
de fazer uma faxina
na mente que traz a sina
que é viver recordando.
O que aprendi chorando
sorriso nenhum ensina.

Quando me senti sozinho,
sem ter com quem caminhar,
decidi não esperar
e seguir o meu caminho
livre feito um passarinho,
feito um galo de campina,
que canta e não desafina
no mei do mundo voando.
O que aprendi chorando
sorriso nenhum ensina.

Já caí e me quebrei
entre cacos e bagaços,
juntei meus próprios pedaços
e com lágrimas colei.
Me refiz, me levantei
mais forte do que platina,
feito fogo em gasolina
que acende e vai se espalhando.
O que aprendi chorando
sorriso nenhum ensina.

Já me vi cego e perdido,
vagando na escuridão,
em busca de um clarão
que pudesse ser seguido.
Com medo e enfraquecido,
minha fé foi heroína,
pois uma força divina
surgiu me alumiando.
O que aprendi chorando
sorriso nenhum ensina.

Chorei de arrependimento
Já chorei por ter errado
Chorei por ter acertado
Já chorei em casamento
Chorei em meu nascimento
Chorei alto e na surdina
Chorei virando uma esquina
Já chorei até cantando.
O que aprendi chorando
sorriso nenhum ensina.

Perdoei, fui perdoado
Já feri e fui ferido
Esqueci, fui esquecido
Já amei e fui amado
Enganei, fui enganado
Quem chora abre a cortina
A esperança germina
e nasce nos transformando.
O que aprendi chorando
sorriso nenhum ensina.

Quando chorei de saudade
foi que pude observar
que ela só vem maltratar
quem foi feliz de verdade.
Tem gente que tem vontade
de fazer uma faxina
na mente que traz a sina
que é viver recordando.
O que aprendi chorando
sorriso nenhum ensina.

braulioobessa

#UmCarinhoNaAlma

Coisa de mãe

Vez por outra ela duvida
até do nosso amor,
fazendo drama e falando
como quem sente uma dor:
– "Um dia, quando eu morrer,
é que tu vai aprender
e talvez me dar valor."

Por mais que exista amor,
por mais que exista afeto,
um fato que deixa a gente
preocupado e inquieto
é quando a mãe pronuncia
sem nenhuma alegria
o nosso nome completo!

Quando a gente quer sair,
bate um receio profundo.
Pede à mãe cheio de medo
e nesse exato segundo
diz que "todo mundo vai"
e a resposta dela sai:
– "Você não é todo mundo!"

Tem outra situação
difícil e muito adversa.
Às vezes no mei da rua
a mãe também é perversa
quando ela aponta o dedinho
e diz assim bem baixinho:
– "Em casa a gente conversa."

Por mais que a gente estude,
que tenha dedicação,
o boletim todo azul
ela olha com atenção
e fala sem gaguejar:
– "Tem mesmo é que estudar.
Não fez mais que a obrigação!"

Se acaso a gente perder
coisa boba ou coisa rara,
ela ativa um radar
potente que nunca para
e diz: – "Se eu for procurar,
garanto que vou achar
e esfregar na sua cara."

Quando a gente chega perto,
faz um carinho qualquer,
e diz: – "Mãe, vou te amar
enquanto vida tiver!"
Ela responde ligeiro:
– "Hoje eu não tenho dinheiro.
Diga logo o que tu quer!"

Coisa de mãe é dizer:
– Você vai se machucar.
– Cadê o troco, menino?
– Mais tarde vai esfriar.
– Só vou contar até três!
– Bagunçou, vai arrumar.

– Já pegou o guarda-chuva?
– Eu não sou sua empregada.
– Engole esse choro agora!
– Eu nunca estou enganada.
– Na volta a gente compra.
– Você não ajuda em nada!

Coisa de mãe é ser cura
pra aliviar qualquer dor.
Coisa de mãe é o abraço
mais forte e mais protetor.
Coisa de mãe é cuidar,
coisa de mãe é amor.

Pra que antena parabólica?

Como qualquer criança ou adolescente, eu era um menino influenciável. Queria ter videogame porque meus amigos tinham, queria usar camiseta de marca porque "dois ou três usavam", e se um amigo meu estivesse usando um perfume fedorento, acho que eu ia querer também. Talvez nem fosse inveja. O que eu queria era me sentir enturmado, fazer parte de um grupo. Mas, além disso, não queria me sentir inferior a ninguém. E desde criança as desigualdades não me passavam despercebidas. Você logo vai percebendo que a sua realidade é uma, a do seu amigo é outra.

O problema é que quase sempre a gente enxerga o lado melhor e acaba se sentindo pior. Menino é bicho besta, às vezes ficava triste e reclamando porque via um amigo jogando bola de chuteira nova enquanto a minha estava bem velhinha e remendada por vovô, mas esquecia de olhar pro lado e reparar nos que estavam jogando de pés descalços.

Durante a minha infância, aqui em Alto Santo, a TV só pegava dois canais: Globo e SBT. Os outros, só com antena parabólica, que na época era artigo de luxo, mais ainda que uma TV por assinatura hoje. E lá em casa não tinha parabólica. Vovô só assistia jornal e novela na Globo, então não sentia falta. Mas na Manchete passavam uns desenhos que eu dava maior valor, como *Cavaleiros do Zodíaco*, e eu tinha que ir na casa de amigos se quisesse assistir.

Eu já tinha pedido tanto a vovô para comprar uma antena parabólica... Mas ele sempre dizia a mesma coisa: "Não tem precisão, já não tem aí uma televisão? Não é boa? Já é colorida, pra que antena parabólica?" Realmente, o fato de ser uma TV em cores já era um avanço – ainda me lembro do aparelho preto e branco que tinha antes. Lembro também que o "controle remoto" era eu:

– Mude ali o canal!

– Bote ali no 10!

– Alteie ali o volume!

E por aí vai...

Então, certa vez, eu era um moleque de uns 11 ou 12 anos, fui com mais uns três meninos para a casa de um amigo assistir aos tais desenhos. Esse amigo tinha boa condição, o pai dele era bem de vida. Quando chegamos lá, ele falou:

– Bora assistir lá no quarto de mamãe.

– Não, macho! A sua mãe vai brigar com a gente!

– Não, não vai não.

Então a gente foi. Antes, tínhamos jogado bila no quintal, estava todo mundo suado, com os pés sujos, e a molecada em cima da cama da mulher, vendo TV... Quando ela entrou no quarto, ficou doida e botou todo mundo pra correr:

– Que arrumação é essa? Vão já pra casa! Não quero vocês aqui nunca mais, seu bando de menino safado! Não quero mais ninguém aqui assistindo televisão, não!

Quando cheguei em casa, mamãe e vovô estavam na sala, e mamãe achou estranho eu ter voltado tão cedo.

– Já voltei porque a mãe dele botou nós pra fora.

Quando eu disse isso, vovô já se interessou, e perguntou:

– Mas botou pra fora por causa de quê?

– Porque a gente estava lá assistindo televisão...

– Muito bem empregado. Se você tem televisão em casa, ainda mais colorida, não tem precisão de estar em casa dos outros.

Então eu aproveitei para fazer logo um drama:

– Estava assistindo lá porque aqui não tem parabólica... e tem uns desenhos que eu gosto... aqui não pega... então eu estava assistindo lá, e ela disse que a gente era tudo um bando de miseráveis, que não tínhamos casa, que não queria mais nós na casa dela...

Ou seja, eu dei uma exagerada na história.

Nessa hora, vovô virou-se para minha mãe e disse:

– Vá lá na Leléu e compre uma antena parabólica agora.

(A Leléu Móveis, do Seu Leléu, era a única loja de móveis da cidade naquela época. Ficava ali na rua da prefeitura, encostada no bar de Françuilo, mesmo de frente à loja de Lafaiete.)

Mamãe nem acreditou.

– Sério?

– Sério. Vá lá, veja quanto é e mande entregar aqui, que eu pago pro rapaz que trouxer.

Mamãe não perdeu tempo, calçou a sandália e saiu antes que vovô se arrependesse. Eu fiquei numa felicidade! Quando ela já tinha andado uns trinta passos na rua, passando pouca coisa da casa de Damião, e eu estava todo feliz, vovô se levantou, encostou na porta de casa (que era daquelas portas que têm uma parte em cima que abre separado da parte de baixo, bem comum nas casas do interior), botou as mãos assim e chamou:

– Ô Ana Lídia!

Na mesma hora, eu pensei: pronto, desistiu...

– Diga, pai?

– Compre a maior que tiver!

Essa antena parabólica está lá na casa de vovô e vovó ainda hoje. Ele podia até colocar no quintal dos fundos, mas não: mandou botar na frente da casa, para todo mundo ver que ali tinha uma antena parabólica. E era das grandes!

Era nessa TV colorida, e com essa parabólica, que meu avô

assistia aos jogos de futebol. Eu, torcedor do Fortaleza, ele torcedor do Flamengo, mas não assumia isso nunca, porque dizia que "torcedor era bicho besta". Se começasse a chover durante o jogo e mostrasse a torcida, ele apontava para a televisão e dizia, com ar de desprezo: "Ô povo besta, tudo pegando chuva!" No entanto, era doido por futebol, não perdia um jogo, e se fosse do Flamengo ele se empolgava ainda mais. Eu brincava: "Vô, o senhor torce para o Flamengo, né?", e ele já respondia no "pei bufo": "Eu gosto de jogo, mas não torço pra ninguém!"

O futebol nos aproximou muito. Tenho uma lembrança muito forte da Copa do Mundo de 2002, que foi na Coreia do Sul e no Japão, e os jogos eram de madrugada. Eu tinha uma turma de amigos que se juntava para assistir aos jogos do Brasil na casa de um, depois na casa de outro. No primeiro jogo do Brasil, que foi de madrugada, eu me ajeitei todo, coloquei minha camisa para ir pra casa de Wellington, a mundiça toda lá reunida, e quando estava saindo, vi meu vô se levantando da rede para assistir ao jogo. Um jogo do Brasil, numa Copa do Mundo, e ele ia assistir sozinho. Nós víamos todos os outros jogos de time juntos, eu era sua companhia, já que os filhos não moravam mais lá, e logo na Copa eu ia deixá-lo sozinho? De jeito maneira!

Resolvi ficar, e pensei que poderia ver os próximos jogos com meus amigos. Aí sentei e assisti ao jogo ao lado dele. No fim das contas, assistimos a todos os jogos do Brasil juntos, eu e meu vô. Aquela Copa foi muito marcante para mim, não só porque o Brasil foi campeão, mas porque assisti a todos os jogos com ele, e até hoje esta é uma lembrança muito boa de nós dois.

Vovô era muito respeitado em Alto Santo. Era sapateiro, mas também foi chefe da Guarda Municipal por mais de dez anos. Uma verdadeira reserva moral na cidade. Todo mundo respeitava Seu Dedé. Tinha autoridade para resolver qualquer disputa. Se, por exemplo, um bêbado estivesse quebrando as coisas dentro de casa, a mulher corria pra chamar vovô, porque sabia que, se ele chegasse e dissesse "Se aquiete!", o cabra se aquietava.

Teve um dia que chegou uma mulher chorando, muito nervosa:

– Seu Dedé, pelo amor de Deus, só o senhor pra me acudir! É Chico, que está em casa bêbado, quebrando tudo, já deu em mim, estou aqui com meu braço que não aguento... Vá lá, que só o senhor pra dar um jeito nele!

Vovô já foi se levantando:

– Vou agora. Maria, me dê uma camisa.

Como é muito quente em Alto Santo, vovô andava sempre sem camisa quando estava em casa. Ele ficava sentado numa cadeira de balanço, assistindo televisão, e sempre sem camisa.

Na mesma hora, vovó trouxe uma camisa de botão. Ele começou a abotoar o primeiro botão, depois o segundo, e foi quando a mulher disse:

– Mas, Seu Dedé, tenha nervos, não bata nele, não...

Na mesma hora ele desabotoou a camisa, entregou a vovó, se sentou na cadeira e respondeu:

– Se for pra fazer carinho, pode ir chamar outro!

As três letras de mãe

Ela tem o poder de carregar
toneladas de amor e de ternura,
uma infinidade de bravura
e uma luz que jamais vai se apagar,
pois seu brilho é capaz de iluminar
o caminho que vamos percorrer.
Se arrisca pra poder nos proteger
Não importa por onde a gente for.
Nas três letras de mãe tem tanto amor
que não há quem consiga descrever.

O que ela consegue ensinar
não há curso ou escola que consiga.
A maior professora e grande amiga
com milhões de conselhos pra lhe dar.
Uma fonte impossível de secar
do mais puro e genuíno saber.
Já vi mãe que nem aprendeu a ler
mas consegue dar aula a um doutor.
Nas três letras de mãe tem tanto amor
que não há quem consiga descrever.

Tem o dom de somar pra expandir
a fartura que alegra o coração.
Mas se acaso for pouco o nosso pão
entra em cena seu dom de repartir.
Uma mestra capaz de dividir
uma gota de água pra beber,
um grãozinho de arroz para comer.
Nessa hora é que o pouco tem sabor.
Nas três letras de mãe tem tanto amor
que não há quem consiga descrever.

Sei que a alma da mãe é uma janela
que não tem cadeado nem ferrolho.
Basta olhar lá no fundo do seu olho
que a gente pula lá pra dentro dela.
Nessa hora tanta coisa se revela,
fica tudo mais fácil de entender
que até antes mesmo de nascer
você já tinha um anjo protetor.
Nas três letras de mãe tem tanto amor
que não há quem consiga descrever.

Ah, se Deus desse à mãe eternidade.
Ah, se houvesse um farelo de esperança.
Mas o hoje já já vira lembrança
e a lembrança já já vira saudade.
O relógio em alta velocidade
deixa claro que não vai retroceder.
Não espere sofrer pra perceber.
Não espere perder pra dar valor.
Nas três letras de mãe tem tanto amor
que não há quem consiga descrever.

Sorriso é laço. Dor é nó.

Todo coração aberto
se torna um abrigo quente
capaz de caber mais gente
que areia no deserto.
Quem tem amigos por perto
não dá um só passo só.
Quem não tem, eu sinto dó,
pois o poder de um abraço
faz sorriso virar laço
e qualquer dor virar nó.

Pedaços de mim

Vez por outra a vida bate,
e como ela tem batido...
Quando a pancada é de jeito
me vejo no chão, caído.
Nessa hora me refaço,
renasço em cada pedaço
daquilo que foi partido.

Sei que uma só semente
não faz brotar um jardim.
Talvez se despedaçar
nem seja assim tão ruim.
Se um de mim já é forte,
não há um mal que suporte
vários pedaços de mim.

Vez por outra a vida bate,
e como ela tem batido...
Quando a pancada é de jeito
me vejo no chão, caído.
Nessa hora me refaço,
renasço em cada pedaço
daquilo que foi partido.

braulioobessa

#UmCarinhoNaAlma

Sobre a Páscoa

Eu começo esse cordel
fazendo um questionamento:
Qual o sentido da Páscoa?
Qual o seu real sentimento?
Qual é a celebração?
Qual é a sua intenção?
Qual é o seu pensamento?

Tem gente que nem entende
o que é comemorado.
Repara nos coelhinhos,
nos ovos bem recheados.
Enquanto isso, Jesus,
que morreu por nós na cruz,
às vezes nem é lembrado.

A Páscoa é o renascimento,
a Páscoa é ressurreição
de um bom homem que mostrou
qual a melhor direção
pra seguir nossa jornada
enfrentando a caminhada
segurando a sua mão.

E é nessa caminhada
que a gente deve lembrar
o que nos foi ensinado
e começar a praticar.
Você vai compreender
que tem a força, o poder
e o dom de ressuscitar.

Ressuscitar o amor,
a paz e a união.
Ressuscitar a bondade,
a justiça, a compaixão,
a caridade, a esperança,
e onde existir vingança,
ressuscitar o perdão.

Fazer renascer o bem
nesse mundo tão cruel,
na Páscoa e no ano inteiro,
é esse o nosso papel,
e também a grande essência.
Quem tem essa consciência
consegue tocar o céu.

Seguindo o rastro de Deus

Desde cedo, sempre senti necessidade de ter contato com a espiritualidade em minha vida. Quando menino, eu adorava ir à missa com mamãe, gostava daquela atmosfera. Já começa que, em cidade do interior, pra ir à missa tem que se arrumar, e mamãe deixava eu botar as roupas mais bonitinhas, que ninguém ia deixar o filho ir à missa desarrumado. Tinha até uma tradição de comprar uma roupa nova e usar pela primeira vez na missa. A segunda vez podia ser no forró, pra pecar!

Fiz primeira comunhão, e depois, entre 13 e 14 anos, participei do grupo de jovens da igreja, o MAC (Movimento de Adolescentes e Crianças). A gente se reunia todo domingo de manhã, umas trinta crianças e adolescentes e o coordenador, e então lia a Bíblia, meditava, fazia oração, brincava, ia acampar na capelinha do Monte das Graças, mas tudo com algum envolvimento espiritual. O coordenador se chamava Gilberto, era fã de Legião Urbana, e eu também gostava porque ele sempre levava um aparelho de som e CDs de Legião pra gente ouvir antes de começar.

Quando eu era menor, morria de vontade de participar da encenação da Paixão de Cristo que a igreja organizava, então lá fui eu. Tinha os atores mais "pebinhas", que estavam começando, e juntava um monte de meninos para fazer a Paixão. Comecei por baixo, sendo "povo". Ninguém queria ser "povo", e depois que entrei para o MAC pensei que poderia ser, sei lá, pelo menos "soldado", ou algo assim melhorzinho. Mas quando saiu a lista com o elenco, ao lado do meu nome estava: "povo".

Eu e mais uns vinte! Minha única fala era: "Crucifique Jesus Cristo! Solte Barrabás!" Foi uma evolução bem gradativa. Em outro ano, fiz o papel do homem que acode Jesus quando ele cai, dá um pouco de água, e o guarda permite que esse homem carregue um pouco a cruz. Ou seja, fui povo, mas quase fui Jesus, porque levei a cruz num pedacinho.

A procissão começava lá na igreja e vinha caminhando pela rua, era um percurso longo, havia estações espalhadas pela cidade e as pessoas acompanhavam. Passava pela rua Grande, rua dos Alípios, Pão de Açúcar... o rodete era grande! Na época era muito tradicional, mas hoje acabou, não consigo entender o porquê, era tão bonito!

Mais tarde, já com 20 e poucos anos, conheci a doutrina espírita em um centro que ficava na minha rua, a uns 50 metros da casa de vovô. Era uma salinha pequena e o nome era Messe de Amor. Esse centro havia sido fundado por uma médium muito sensitiva de Alto Santo, Dona Deltrude, e por Orlene, esposa de Osanam. Deltrude começou a identificar algumas pessoas que eram médiuns, e abriu o centro para ajudar essas pessoas.

Saiu logo uma conversa na cidade e começaram a chamar as duas de bruxas. Sabe como é o preconceito que até hoje existe com o movimento espírita, por puro desconhecimento. E eu morria de medo de alma, vulgo "mal-assombro", "visage" e outros nomes que o povo inventa. Eu era um menino que, se estivesse na rede dormindo e sentisse vontade de ir ao banheiro, chamava mamãe porque não tinha coragem de ir sozinho. Se eu estivesse na rua, de noite, tendo que voltar sozinho pra casa, eu parava na esquina e ficava esperando algum conhecido passar para eu poder acompanhar. Não era com medo de gente viva, não, era com medo de alma. Pense num cabra mole!

Então era para eu não ter coragem de passar nem na frente do centro espírita, porque as pessoas diziam que lá você entrava e só via almas. Eu não tinha conhecimento sobre a doutrina espírita, mas sabia que elas eram pessoas boas. Então pensei "eu vou lá". E fui. Foi um sentimento de empatia, e de querer estar ao lado da minoria. Além do mais, gostava muito do Chico Xavier.

Cheguei lá um dia, pouco antes de começar a reunião aberta ao público. Estavam apenas Dona Deltrude e Orlene, mais umas quatro pessoas, e um monte de lugar vago. Eu cheguei, me escorei na porta, olhei, e Orlene disse: "Entre, meu irmão, sente. Você é bem-vindo." Ela não pediu nenhuma informação, não me perguntou nada, e aquilo me deixou muito confortável.

Frequentei o centro espírita por seis anos. O que me encantou foi a possibilidade de descobrir e aprender tantas coisas. Fui conhecer o kardecismo, fui ler *O Livro dos médiuns*, *O Livro dos espíritos*, *A gênese*, etc. Comecei a ler também um pouco de literatura espírita, li *Violetas na janela*, *Nosso Lar* e fiquei encantado. Aquilo tudo era muito mágico. Era como se eu já acreditasse naquilo sem nunca ter nem ouvido falar. Eu ia conhecendo as coisas e pensando: "É nisso que eu acredito, deve ser desse jeito." Eu me sentia muito confortável com tudo aquilo.

Às vezes eu chamava minha mãe para ir comigo ao centro. Na minha casa isso sempre foi muito tranquilo. Aos poucos o preconceito contra o centro espírita foi diminuindo, conforme as pessoas começaram a conhecer as ações de caridade que se faziam ali. Hoje, esse centro permanece e é lotado de gente de todo tipo e todas as classes.

Busco sempre me aproximar de uma força espiritual, por diversos canais. Tudo que eu sinto que me faça bem, estou buscando. E é por isso que não consigo me definir entre ser espírita, católico ou outra denominação. Uso um rosário no pescoço, fitas de Padre Cícero no braço, sou devoto de São Francisco de Assis, vou à missa, adoro música gospel, frequento centro espírita, tenho muita simpatia e um dia quero conhecer mais sobre as religiões afro-brasileiras.

Eu enxergo um elemento espiritual no relacionamento que tenho com meus fãs e leitores, nas histórias que me contam. O que eu faço tem um papel muito forte de crescimento e evolução espiritual. E vejo esse elemento espiritual influenciando no que eu escrevo. Não estou dizendo que eu psicografo, o que eu faço é sempre consciente, mas acredito que seja enviado de alguma forma.

Quando as pessoas enaltecem muito o que eu faço e escrevo, faço questão de dizer que sou só um instrumento, é Deus

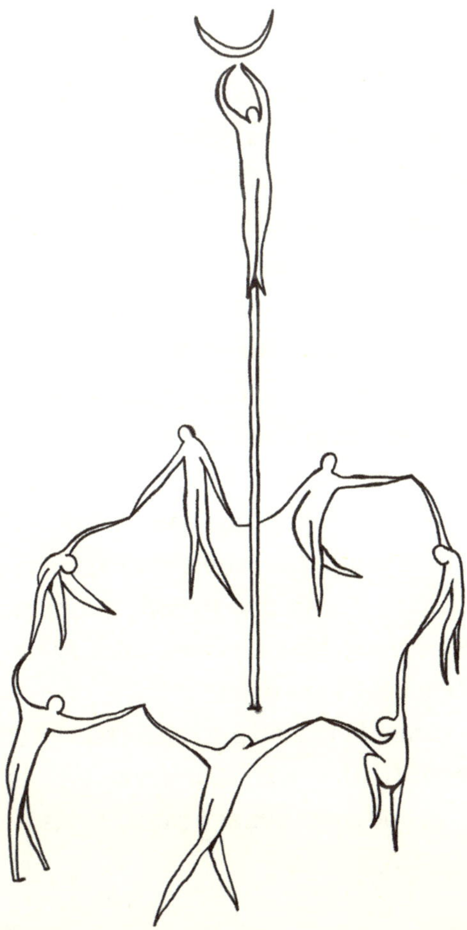

quem manda. Tem alguém por lá que está me enviando um negócio, eu sou só um canal. Principalmente quando vejo o resultado e o impacto que meu trabalho causa nas pessoas, aí é que eu percebo que realmente um ser humano comum não faz isso aqui, não. Quando eu pego as palavras, isso é uma coisa. Mas quando alguém desiste de cometer suicídio por causa de algo que eu disse, aí então não fui eu mesmo, não. Alguém na espiritualidade sabia que essa pessoa precisava ouvir aquelas palavras, de alguma forma me usou para escrever, e deu um jeito de fazer chegar até ela. Eu não vou tentar entender e muito menos vou tentar explicar, porque senão eu endoido.

O que eu peço é que continue mandando. Eu tento honrar, continuar buscando isso. A intenção é atingir espiritualmente as pessoas. Tem coisas que eu escrevo e que depois eu mesmo paro e leio, e aquilo me ajuda. Parece que, na hora em que estou escrevendo, não tenho a dimensão do que estou dizendo, e muitas vezes não estou falando para mim. Concluo, depois paro, leio, e aquilo me faz bem, espiritualmente. É por isso que eu acho que é coisa divina.

Em 2017 fiz minha última palestra do ano no Instituto do Câncer do Ceará – uma roda de poesia com pacientes, familiares, funcionários, etc. Saí de lá transformado. Fiz uma promessa a eles: enquanto Deus me desse saúde, minha última palestra do ano sempre seria lá. Retornei em 2018 e mais uma vez fui visitar os pacientes que não podiam sair dos quartos devido ao tratamento. No primeiro quarto em que entrei, já avistei meu livro *Poesia que transforma* numa mesinha ao lado da cama. No segundo, a mesma coisa. Foi quando um funcionário olhou pra mim e disse:

– Poeta, o único livro aqui pra concorrer com o seu é a Bíblia!

Na hora eu ri. Mas, voltando para casa, refleti como, de fato, a poesia pode curar almas e salvar vidas.

Falando com Deus

Se eu falasse com Deus
iria lhe perguntar:
Se temos terra sobrando,
se o planeta é nosso lar,
por que tanta gente sofre
sem um teto pra morar?

Tiraria outra dúvida
que me causa aflição:
Se a natureza foi feita
sem nenhuma imperfeição,
por que chove mais no mar
que nos solos do sertão?

Se o Senhor ensinou
que irmão ajuda irmão,
por que, quando o outro cai
e pede ajuda no chão,
tem mais gente pra pisar
do que para dar a mão?

Também lhe perguntaria
pra ele me responder:
Por que tanta gente boa
vem pro mundo só sofrer
e tanta gente ruim
é feliz sem merecer?

Se o homem foi criado
semelhante ao Senhor,
nascendo livre do ódio
e cheio do puro amor,
por que tanta guerra mata
em nome do Criador?

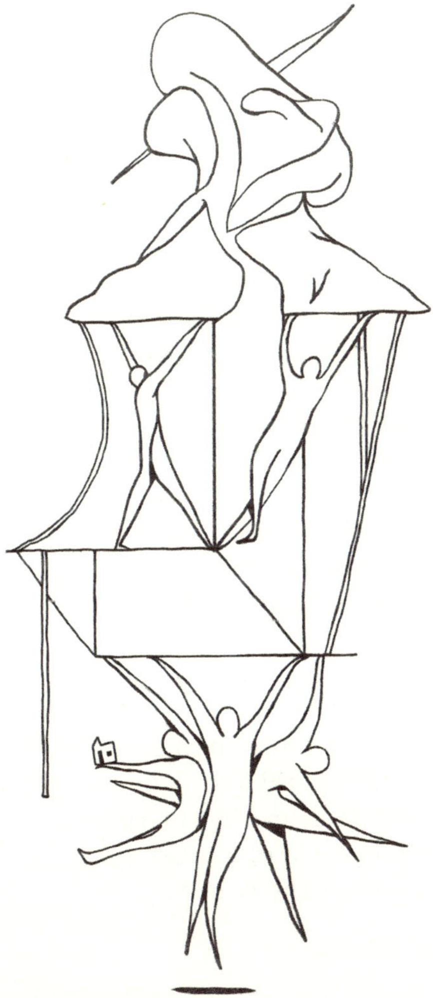

Se chegamos neste mundo
sem trazer nada na mão,
por que será que dinheiro
se tornou obsessão,
se na viagem de volta
ninguém leva um só tostão?

Ainda sobre dinheiro
também quero perguntar:
Se por acaso existisse
algum jeito de levar,
me responda, Deus: no céu
teria onde gastar?

Se o Senhor fez o homem
do jeito que desejou,
construiu nosso planeta,
nos deu e não nos cobrou,
por que é que o próprio filho
destrói o que o Pai criou?

Ainda perguntaria
se ele não se aborrece
sabendo que a maioria
dos seus filhos lhe esquece
e quando pouco se lembra
pede mais que agradece.

Se eu fizesse mil perguntas,
as mil Deus responderia
com todo amor que ilumina
a luz da sabedoria.
Mesmo assim não tenho pressa
e espero que essa conversa
demore a chegar o dia.

Coração de poeta

O coração do poeta
não sossega um segundo,
mergulha no mar da alma
até encostar no fundo,
depois faz a própria dor
ser a dor de todo mundo.

Tatuagem

O amor é inquieto
e nunca está satisfeito...
Tatuei o nome dela
na pele em riba do peito
pra viver até o fim
com ela dentro de mim
e fora do mesmo jeito.

Acróstico

Curou meu peito doente
Atiçou minha vaidade
Me ensinou a amar
Inteirou minha metade
Lapidou meu coração
Amou quem sou de verdade.

Quem acha graça com os olhos
não faz nem questão de dente.

Perdão

Perdoar não o faz fraco,
não lhe assalta a razão.
Torna livre quem perdoa
e quem lhe pediu perdão.
Um sopro de amor já quebra
as grades dessa prisão.

Toda raiva disparada
volta feito um bumerangue.
Por isso, perdoe antes
que seu coração se zangue.
Quem limpa dor com vingança
lava a ferida com sangue.

Perdoar não o faz fraco,
não lhe assalta a razão.
Torna livre quem perdoa
e quem lhe pediu perdão.
Um sopro de amor já quebra
as grades dessa prisão.

brauliobessa

#UmCarinhoNaAlma

Aparências

Não deixe sua visão
encoberta por um pano.
Quem repara só por fora
vive a vida num engano
porque o melhor do osso,
eu garanto, é o tutano.

Pra se conhecer um livro
é preciso abrir e ler,
escutar o que ele diz,
abrir os olhos pra ver
que olhando só pra capa
ninguém consegue entender.

Não é produto de marca
que define um cidadão.
Nunca julgue nessa vida
um homem de pés no chão,
pois sapato calça os pés
mas não calça o coração.

Nunca vi camisa cara
sozinha abraçar ninguém.
Quem abraça é quem tá dentro,
quem tá dentro faz o bem
abraçando com a alma
que tá lá dentro também.

Se eu avistar num prato
tapioca ou escargot
posso até sentir o cheiro,
posso até saber a cor,
mas é só dentro da boca
que vou sentir o sabor.

Quem é belo só por fora
por dentro não tem valor.
Já vi bonito odiando
e feio espalhando amor.
Já vi passarinho preso
cantando e sentindo dor.

Vi padre e pastor pecando
na calçada da igreja.
Já vi bêbado orando
no bar tomando cerveja.
Tem pica-pau que não pica,
tem beija-flor que não beija.

Tem gente com roupa suja
que ajuda a limpar o mundo.
Tem gente de terno limpo
que por dentro é um imundo.
Só se conhece o rio
se o mergulho for profundo.

Ninguém no mundo é igual,
é grande a variedade.
O corpo é só aparência,
a alma é identidade.
Beleza não tem padrão,
bonito é ser de verdade.

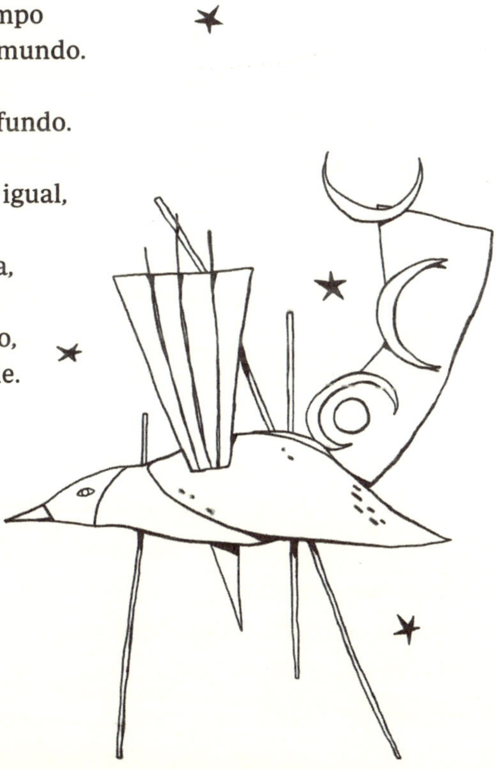

Mingau de milho verde e Havaianas azuis

Outro dia, "conversando miolo de pote" lá no quintal da casa de meu compadre Wellington, no meio da roda de conversa alguém disse que nos Estados Unidos existe uma tradição que dá a um condenado à morte o direito de escolher sua última refeição. Pronto, Camila foi logo dizendo que o prato dela seria o pirão do meu tio Popó, Douglas disse que escolheria baião de dois com carne de sol, Roberto disse que pediria caviar com lagostas só pra não morrer sem saber o gosto que tinha, e tome risada, e tome prosa, e eu só conseguia pensar em uma coisa: o mingau de milho verde servido na merenda da Escola Urcesina Moura Cantídio.

Eu me recordo da cena: as merendeiras mexendo a colher de pau nos caldeirões da cozinha da escola, o rádio ligado, parecia até que estavam dançando com o próprio mingau, que era servido quente, pegando fogo, num copo de plástico azul, assim como a colher.

O recreio era às nove da manhã, mas oito e pouco a escola toda já estava cheirosa. Quando tocava o sino, a fila para o paraíso se formava. E aí era nossa vez de dançar a dança do assopra, esfria e come.

Sim, tenho certeza: eu escolheria o mingau da merenda da escola como última refeição.

É incrível como, às vezes sem querer, reviramos nossas lembranças e descobrimos coisas sobre nós que, de certa forma, não sabíamos. Talvez porque nunca tivéssemos tomado a iniciativa de nos perguntar, de conversar mais com as próprias lembranças. Naquela noite, fui banhado por uma enxurrada de lembranças vívidas da Urcesina Moura Cantídio e da Francisco Nonato Freire, ambas escolas públicas de Alto Santo.

O assunto da última refeição se esfarelou, de repente todos já estavam falando de outra coisa, e eu ali, lembrando dos meus tempos de escola e ainda sentindo o gosto do mingau em minha boca.

Mas uma das lembranças mais marcantes dessa época não veio da boca, e sim dos pés. Na sexta série, eu tinha apenas um par de tênis para ir à escola. Certa vez, mamãe lavou esses tênis à noite, mas choveu e eles acabaram não secando. E agora? Vai de chinela.

Como minha chinela já estava bem velhinha, mamãe correu na bodega de Nanam e comprou um par de Havaianas azuis, aquelas mais tradicionais e baratas. Vixe, na época era quase moda ir à escola usando sandálias Kenner ou Opanka, chegar lá de Havaianas era certeza de piada.

– Mãe, os meninos vão tudo mangar de mim!

– Mangar de você por quê?

– Porque isso aqui é chinelo de pobre.

– Meu filho, você vai calçar a chinela que eu tenho condições de comprar. Agora, se você quer tanto usar essa tal de Kenner e Opanka, vá pra escola nem que seja de pés descalços, porque filho de pobre, pra ter alguma coisa na vida, tem que estudar.

E lá fui eu, cheio de vergonha. No caminho da escola ficava a casa de Seu João Lima, marido de Dona Cira, que fazia o melhor dindim da cidade. Sempre que eu passava, ele estava na calçada e fazia alguma brincadeira comigo. Aliás, não só comigo, ele brincava com a meninada toda que passava.

Seu João Lima tinha diabetes e, devido a complicações causadas pela doença, um de seus pés já estava quase sem dedos e talvez precisasse ser amputado. Eu nunca tinha prestado muita atenção naquilo. A alegria dele, as brincadeiras, a gaiatice, tiravam toda a atenção do pé doente. Mas nesse dia reparei exatamente no problema e pensei: "Seu João Lima quase perdendo o pé e não está nem aí, e eu aqui com vergonha porque não estou calçando um chinelo da moda."

Me senti tão burro. Tão ingrato. Tão injusto! Eu deveria sentir orgulho e gratidão a minha mãe pelas Havaianas, e a Deus por, simplesmente, ter os pés para calçá-las.

O tempo passou. Estudei, trabalhei, ganhei dinheiro e ainda não comprei um par de sandálias da Kenner nem da Opanka. Continuo inclusive usando Havaianas tradicionais na cor azul.

Outro dia, postei em minhas redes sociais uma foto em frente ao famoso castelo da Disney em Orlando, EUA. Fui pro parque bem à vontade, exatamente como eu me vestiria pra ir tomar uma cana no bar de Suilo em Alto Santo. E mesmo com toda a beleza do castelo, ao ler os comentários da minha postagem, vi que o que mais chamou a atenção das pessoas foi o fato de eu estar usando Havaianas na Disney.

A maioria dos comentários exaltavam minha humildade. Como se humildade estivesse estampada na parte de fora da gente. E não. Aquele par de Havaianas dizia muito mais a respeito da minha *falta* de humildade e gratidão quando criança.

Pode parecer coisa de doido, mas, enfim, sou artista, poeta, a doidice faz parte do pacote. Mas faço questão de sempre ter um par de Havaianas tradicionais na cor azul em casa e na mala, pra nunca esquecer a lição que mamãe, João Lima e a escola me ensinaram.

Quando pensar em reclamar da chinela, agradeça por ter os pés.

Fome de educação

Até quando o Brasil vai suportar
ver seu povo carente de saber,
tanta gente sem ler, sem escrever,
sem escola decente pra estudar,
pois até a merenda escolar
alimenta a tal corrupção.
Num lugar em que tudo dá no chão
na escola deveria ter fartura.
Um país desnutrido de leitura
só se salva comendo educação.

Se o Brasil começasse a dar valor
a quem nunca se sentiu valorizado
invertendo o que ganha um deputado
pela esmola que ganha um professor.
Pode até me chamar de sonhador
por sonhar que um dia essa nação
passará por uma transformação
e o livros serão a nossa cura.
Um país desnutrido de leitura
só se salva comendo educação.

Sobra tanta coragem pra lutar,
o que falta é oportunidade.
Sobra o sonho de entrar na faculdade
pela falta do dinheiro pra pagar.
Falta tudo pra quem vê tudo faltar,
sobra tudo pra quem tem tudo na mão.
Só não falta em tempo de eleição
blá-blá-blá, lenga-lenga e muita jura.
Um país desnutrido de leitura
só se salva comendo educação.

A caneta é capaz de transformar
e mudar o destino de um povo.
Quem viveu só comendo o puro ovo
pode um dia provar do caviar.
Já vi gente que, por ter como estudar,
se mudou do barraco pra mansão.
Batalhando com total dedicação
conseguiu ter a vida menos dura.
Um país desnutrido de leitura
só se salva comendo educação.

Esse povo que tem tanto pra dar
não recebe o que tem pra receber.
Não consigo aceitar ou entender,
ninguém venha querer me explicar.
Eu não posso e nem vou me conformar
com a cruz que carrega o cidadão
pelo peso dessa desinformação
castigado pela falta de cultura.
Um país desnutrido de leitura
só se salva comendo educação.

A nação que investe em sua gente
nunca tem desperdício ou prejuízo.
Observo atento e analiso:
só se muda agindo diferente.
O poder de um povo está na mente,
é a chave que abre essa prisão,
é a luz que aponta a direção
pra seguir por qualquer estrada escura.
Um país desnutrido de leitura
só se salva comendo educação.

O poder de um povo está na mente,
é a chave que abre essa prisão,
é a luz que aponta a direção
pra seguir por qualquer
estrada escura.
Um país desnutrido de leitura
só se salva comendo educação.

braulioobessa

#UmCarinhoNaAlma

O silêncio do mal

O mal é silencioso,
se esconde pra lhe encontrar.
Muitas vezes é discreto
e não costuma gritar.
A voz da maldade é baixa
mas Deus consegue escutar.

A ferida

Seu amor afiado fez um corte
em meu peito, arrancando o coração.
Só deixou o pulsar da solidão
e um bilhete dizendo "boa sorte".
Nessa hora o desprezo bateu forte
ao saber que fui só um passatempo.
Se você foi um simples contratempo,
como posso curar essa ferida,
se tirar esse amor da minha vida
é a dor e a cura ao mesmo tempo?

Aula de vida

Na faculdade da vida
de tudo pude aprender.
Cada aula, uma lição,
cada lição, um dever.
As provas me machucando,
mas quem aprende apanhando
pode ensinar sem bater.

Sucesso

O sucesso é um lugar
sem mapa, sem endereço,
sem peso, tamanho e preço,
sem molde pra fabricar.
Cada um vai procurar
em busca do seu progresso.
Eu busco mas não me apresso,
sabendo de uma verdade:
Quem não tem felicidade
não sabe o que é sucesso.

Sucesso é ter consciência
que sucesso é caminhada
e que, no fim, a chegada
é só uma consequência.
O sucesso é paciência,
pois toda vez que tropeço
me levanto e recomeço
com o dobro da vontade.
Quem não tem felicidade
não sabe o que é sucesso.

Sucesso é viver a vida
que é sua e não se empresta,
seja grã-fina ou modesta,
prazerosa ou dolorida,
seja curta ou comprida,
ninguém troca esse ingresso.
Quem nasceu e teve acesso
também tem capacidade.
Quem não tem felicidade
não sabe o que é sucesso.

Sucesso é passar pra frente
sem passar perna em ninguém.
É subir, chegar ao topo
sem pisar em outro alguém.

Sucesso não é hotel
pra pagar e se hospedar.
Sucesso é casa de amigo
que lhe hospeda sem cobrar.

Sucesso não é troféu
pra enfeitar sua estante.
Sucesso é saber perder
e seguir sempre adiante.

Sucesso não é diploma
que o tempo pode estragar.
Sucesso é conhecimento,
é ter algo pra ensinar.

Sucesso não é o carro
parado lá na garagem.
Sucesso é pegar a estrada
e aproveitar a viagem.

Sucesso não é dinheiro,
é ter tempo pra gastar.
Nem contar nota de cem
sem ter alguém pra contar.

Sucesso não é a fama,
sucesso vai muito além.
É ser fã de você mesmo
por ter feito sempre o bem.

Sucesso não tem a ver
com o que se tem agora.
Sucesso é o que não se acaba
quando a gente vai embora.

Minhas palavras são simples,
é assim que me expresso,
e sei que a simplicidade
fez parte desse processo
pra escrever a verdade:
Quem não tem felicidade
não sabe o que é sucesso.

O ônibus do sucesso

Alto Santo é rodeada pelo rio Figueiredo. Esse rio, que sempre ficava dois ou três meses com água e o resto do ano seco, contorna a cidade feito uma moldura num retrato. Quando tinha água, era nossa piscina, quando secava, era nosso estádio de futebol.

Nosso campo ficava ali, naquele lado da casa de Barrão. Pra quem vinha da rua Grande, tinha que dobrar à esquerda na esquina da bodega de Osanam e era só seguir reto toda vida. Caía dentro do campo. Hoje, se estrepa numa ruma de arames farpados das cercas que dividem o rio.

Numa tarde qualquer, eu, Júnior Pirão, Borrego, Olavo de Mata-gato, Paulo Filho, Marcelo e Marcio de Valderi, Neguim e Miúdo de Ranone, Dogão, Ricardo de Chico Carpinteiro, Jepinha e mais uma ruma nos preparávamos pra mais um racha na areia do rio. Entre um "time de fora" e outro, a gente corria pra cacimba pra beber água.

Numa dessas idas até a cacimba, olhei para a ponte que corta o rio, que é o acesso de Alto Santo em direção a Potiretama, Iracema, Ererê e o resto do mundo. Fiquei paralisado. Naquele dia, vi o ônibus mais bonito que eu já tinha visto na vida passando ali. Era lindo não só pelo tamanho, pelas cores vivas ou por ser novo, mas por ter estampados os rostos de dois artistas da nossa terra: Redondo e Rita de Cássia. Os dois e sua banda Som do Norte brilhavam naquela época. Redondo era um grande sanfoneiro, e Rita de Cássia, cantora e a maior compositora de forró de todos os tempos.

Fiquei fascinado com aquela cena. Cheguei em casa e comentei com meu tio Abraão, que disse: "É, meu fí, graças a Deus eles batalharam muito e agora estão fazendo sucesso."

Pronto. Na minha cabeça de menino, o sinônimo de sucesso estava diretamente associado a fama, dinheiro e um ônibus estampado com sua foto.

Muita coisa aconteceu depois daquele gole de água da cacimba. Aprendi que sucesso muitas vezes não tem qualquer relação com fama ou dinheiro. Já li sobre isso, assisti a palestras e documentários, mas vai, volta, arrodeia e sempre me pego pensando no mesmo conceito: tem sucesso quem tem felicidade. O resto é só enchimento de linguiça de gente querendo ser sabida demais pra explicar de forma complexa o que é tão simples de entender.

Eu também batalhei muito pra alcançar o tal sucesso – que pra mim era me tornar escritor e lançar um livro. Eu sabia que sentiria uma felicidade arretada quando isso acontecesse. E aconteceu. Demorou, mas aconteceu!

Aconteceu porque acreditei nisso desde os 14 anos de idade. Aconteceu porque, mesmo sendo de uma cidade pequena, no interior do Ceará, sem amigos ricos ou influentes, mesmo sendo teoricamente invisível para o poder, a mídia ou o governo, eu nunca achei que isso fosse impossível.

Também fiquei famoso, também ganhei dinheiro, mas continuo pelejando em busca do meu sucesso todo dia, continuo correndo atrás da minha felicidade.

É complicado lidar com tudo o que tem acontecido em minha vida. Eu era completamente desconhecido, funcionário público de uma cidade pequena, escrevia poesia pra quase ninguém. Hoje sou escritor, meu livro está na lista dos mais vendidos do país, tenho milhões de seguidores nas redes sociais, sou assistido por milhões de pessoas na televisão, mais de 300 mil pessoas já assistiram a minhas palestras que rodam o Brasil inteiro, sou garoto-propaganda de grandes marcas... mas continuo me sentindo o mesmo, exatamente o mesmo bebedor de água de cacimba e fã de Redondo e Rita de Cássia.

O fato é que, nessa história de sucesso e tal, muita gente só enxerga onde você chegou, e não tem ideia da caminhada até lá. Enxerga-se a chegada muito mais que o caminho. No meu caso, muita gente me conheceu pela TV, mas mamãe não me pariu no sofá de Fátima Bernardes, teve muita peleja até ali. Muitos lugares que não me deixavam nem passar na calçada, hoje querem me dar uma cópia da chave. Aí dento!

Peço a Deus muita sabedoria para não me perder. Para saber lidar com todo esse mundo que nunca foi meu. Por isso vou tanto para Alto Santo. Mesmo viajando muito, sempre que tenho dois ou três dias de folga, estou lá. É lá que me sinto gente de verdade. Lá não tem essa glamourização, esse endeusamento que existe nos outros lugares. Minha cidade é o lugar que não me deixa esquecer quem eu sou de verdade.

Sei que isso acontece pelo fato de não ter havido um rompimento. Se eu fosse a Alto Santo uma vez por ano, seria um

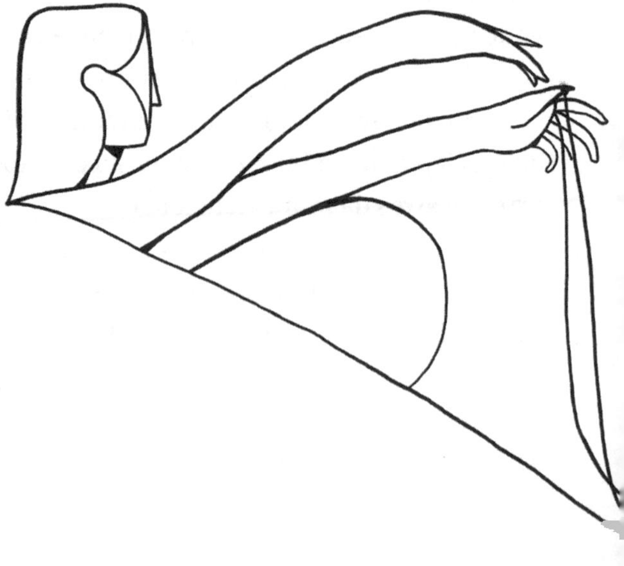

evento. Mas como estou lá toda hora, continuo sendo mais um cidadão comum entre meus iguais. Como diz Chiquim, à sua maneira me elogiando por eu não ter mudado: "É por isso que gosto desse rapaz: ficou famoso, ganhou dinheiro, viaja o mundo, mas, aqui pra nós, continua sendo a mesma bosta."

Muita coisa aconteceu, e muito mais ainda vai acontecer. Continuarei lutando e aprendendo todos os dias, sabendo que fama, dinheiro, poder, status e mais uma ruma de coisas que o povo diz que muda as pessoas não mudam absolutamente ninguém. Só revelam quem o cabra já era, mas não tinha a chance de mostrar.

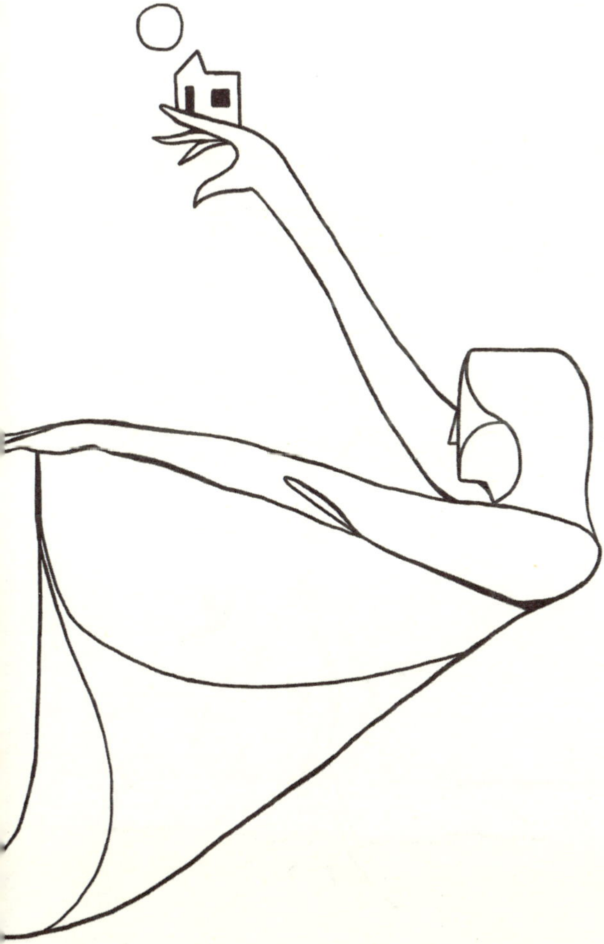

O moinho

Vejo o tempo seguindo a correnteza
como um rio que segue seu caminho.
Obedece a lei da natureza
que transforma relógio em moinho.

Mói poder, mói orgulho, mói riqueza,
mói tecido de trapo ou de linho.
Mói a miss lhe roubando a beleza,
mói castelo, mói casebre, mói um ninho.
Mói o riso estampado em nossa face,
mói as pétalas de toda flor que nasce.
Para ser moído basta estar vivendo.

O moinho pouco a pouco nos matando
e o poeta atrevido revidando,
dando vida a um soneto e renascendo.

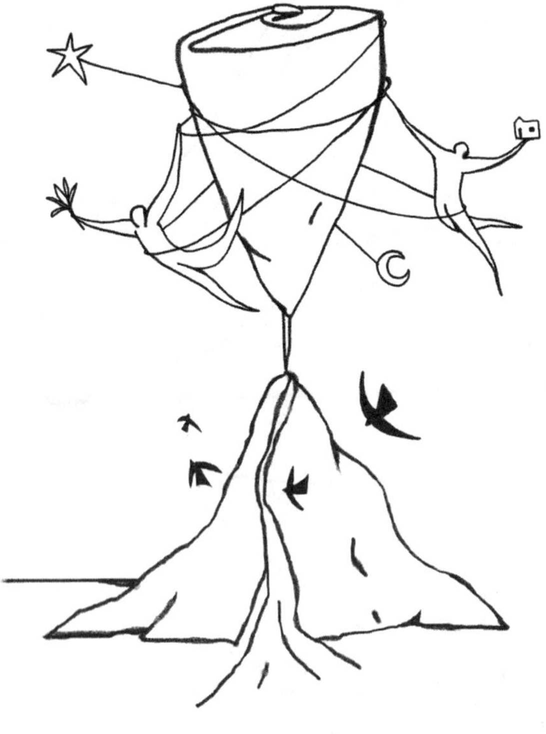

Verdades e mentiras

A mentira é perigosa,
nos transforma em outro ser.
Diz a lenda que mentir
faz nosso nariz crescer.
Sua força é mais voraz,
pois quem mente sempre faz
a confiança encolher.

A confiança que é
alicerce e suporte.
Toda mentira enfraquece.
A verdade nos faz forte
pra suportar qualquer dor
e pra sarar qualquer corte.

A obra da confiança
é pouco a pouco construída.
Passo a passo, gesto a gesto,
demora pra ser erguida.
Se a base não for bem forte,
num sopro ela é demolida.

Palavras, belos discursos
podem conter falsidade,
mas atitudes e gestos
revelam qualquer verdade.
Dizem que a verdade dói,
já a mentira, destrói,
escurece seu olhar,
lhe deixa fraco, inseguro,
e o caminho mais escuro
é o pior de caminhar.

Por isso, pra iluminar
um amor, um sentimento,
seja sempre verdadeiro,
e não só por um momento.
Seja honesto em sua essência,
pois a própria consciência
é seu pior julgamento.

E sempre será assim:
o correto e o errado,
a verdade e a mentira
caminhando lado a lado.
Há quem grite uma verdade,
há quem minta até calado.

Por isso é tão difícil
ter alguém pra confiar.
A verdade e a mentira
teimam sempre em se encontrar
sem hora ou dia marcado,
sem avisar o lugar.

E mesmo assim...

Vale a pena acreditar
até no que não se vê.
Vale a pena confiar
num verso meio clichê:
É confiando em alguém
que alguém confia em você.

É preciso ser honesto
pra cobrar honestidade.
É preciso ser sincero
pra cobrar sinceridade.
E só quem é verdadeiro
pode cobrar a verdade.

Vale a pena acreditar
até no que não se vê.
Vale a pena confiar
num verso meio clichê:
É confiando em alguém
que alguém confia em você.

braulio bessa

#UmCarinhoNaAlma

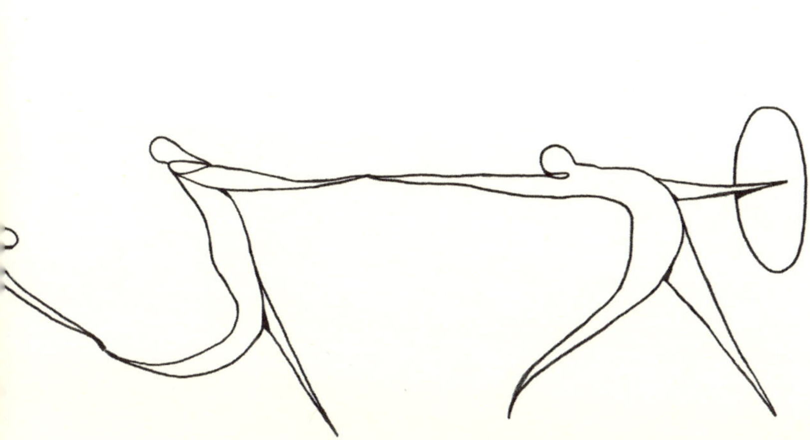

Abrace sua tristeza

Quando a dor bater na porta
pode deixar ela entrar.
Converse, faça perguntas,
deixe ela perguntar.
Afinal para vencer
é preciso conhecer
o que se vai enfrentar.

Abrace seu sofrimento,
conheça sua tristeza.
A dúvida nunca cura,
o que cura é a certeza.
O sal que tempera o choro
se mistura com o soro
transparente da clareza.

Água nos olhos

Fugindo da cruel seca
o retirante se ilude,
se trepa num pau de arara
sem ter ninguém que lhe ajude.
Dá adeus a seu lugar
com mais água em seu olhar
do que no seu velho açude.

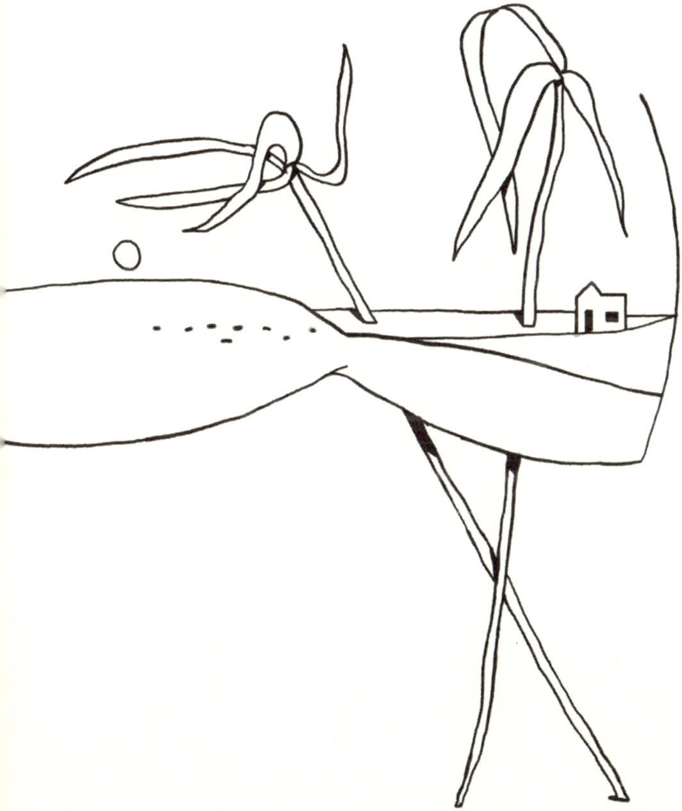

Conta de água

O motor de um carro-pipa
carrega o dom de cantar
a triste canção da seca
que faz o povo pagar
a conta de uma água
que Deus mandou sem cobrar.

Tá bonito pra chover!

Em 2018 fiz uma sessão de autógrafos do livro *Poesia que transforma* na Bienal do Livro de São Paulo. Pra variar, o tempo estava fechado, parecia que o mundo ia se acabar em água. No carro, já a caminho do evento, o locutor alertava no rádio: "Hoje o tempo está horrível!"

Beleza realmente depende do ponto de vista de cada um, e "lá em nóis" a coisa é bem diferente. Tempo bonito no sertão é tempo de chuva.

Certo dia, não era nem dezembro ainda, acordei com frio, o fundo da rede chega estava gelado. No canto do quarto, encostado na cômoda que seu Chico Carpinteiro fez, ficava um tamborete de madeira e couro com o ventilador em cima. Normalmente o vento era quente, mas nesse dia parecia até ar-condicionado. Quando botei os pés na calçada já dei de cara com a rua enfeitada de sorrisos e esperança causados pelo tempo de chuva naquela manhã!

Titica varrendo o terreiro de um lado, Luzia do outro, parecia uma disputa pra ver quem deixava mais bem varrido, até porque, no interior, um terreiro bem varrido já diz muito da higiene da casa. Ademar passando com um botijão de gás no lombo pra entregar na casa de um cliente, Zé Lião – ligeiro que só ele! – vendendo banana na carroça, Chico Pascoal bota a cabeça na janela e solta: "Eita, Deus! Tá bonito pra chover!"

Quando menino, bastava formar tempo de chuva que eu já ia procurar um calção velho ou sujo e me preparar pro banho. Era só São Pedro abrir a torneira que as calçadas ficavam cheias de nós, correndo, pulando, brincando, escorregando quando achava alguma calçada de azulejo, aproveitava até pra lavar o cabelo com xampu debaixo das biqueiras. Ficava bem lisinho.

Mamãe nunca deixava a gente tomar banho na primeira chuva do ano. Dizia que as primeiras chuvas eram pra lavar as telhas das casas, que tinha merda de gato, de rato, passarinho morto, lagartixa, e que era capaz até de cair uma cobra lá de dentro da biqueira. Depois da primeira chuva grande, estava liberado!

Quando alguém que foi embora liga pra falar com os parentes em qualquer cidade do sertão, em algum momento da conversa vai sair um "Tem chovido?".

Sempre achei que a chuva é a maneira mais fácil de Deus se comunicar com o povo do sertão nordestino. O som da água batendo na telha é Deus dizendo que não esqueceu de nós. Que ele até fica ocupado resolvendo outras coisas no meio do mundo na maior parte do ano, mas sempre passa por aqui. Quando o inverno é fraco, ele falou menos; quando o inverno é bom, ele falou mais, mas o fato é que ele sempre fala com nosso povo, nem que seja num sussurro de um sereno fino.

Sou fascinado pela vegetação da caatinga. É impressionante sua resistência em tempos de seca e sua capacidade de reviver nas primeiras chuvas. Basta um sereno e o verde do inverno esconde o cinza da seca.

Outro dia, estava hospedado num hotel-fazenda na cidade de Cabaceiras, na Paraíba. Fazia um calor da gota nesse dia, e o ar-condicionado do quarto não estava dando vença.

Abri a porta e vi que tinha uma varandinha com duas cadeiras de balanço. Sentei ali, fiquei me balançando e prestando atenção no cenário.

Reparei algo que me fez refletir. O lugar é extremamente seco, uma das regiões em que menos chove no Brasil. Da varanda eu avistava o limite da cerca do hotel-fazenda, uma estrada de terra, e do outro lado era vegetação nativa. Como o hotel tinha um sistema de irrigação feito através de um poço profundo, tudo era absolutamente verde do lado de cá da cerca. Tinha até um gramado.

Quase no limite da propriedade se destacava um pé de angico lindo, bem verdinho, balançando ao vento quente, parecia até que dançava se amostrando e fazendo inveja a quem estava do lado de lá da cerca.

Era como se esse pé de angico fosse um privilegiado da sociedade, com escola boa, comida na mesa, plano de saúde, carro do ano e Netflix. Já as árvores secas do outro lado eram vítimas da desigualdade e das injustiças sociais que assolam nosso povo.

O fato é que fiquei com raiva daquela cena. Até aqui tem esse tipo de injustiça? Esse tipo de privilégio? Questionei isso de Deus. Afinal, ele é o criador de tudo.

E olhando para a cena me veio subitamente uma inspiração pra escrever um poema curto, parecia até que era Deus me respondendo.

Quem criou a natureza
nunca erra nem tropeça.
Pinta tudo na cor certa
e seu pincel não tem pressa.
No tempo da invernada,
aquela planta apagada
fica mais verde que essa.

Se parar pra pensar, é exatamente isso que acontece em nossa vida. Muitas vezes estamos do lado de lá da cerca, seja pela perda de um emprego, pelo fim de um relacionamento, pela decepção de ainda não ter conseguido realizar um determinado sonho. São muitos os fatores que fazem com que o ser humano se sinta seco, apagado, sem vida, sem esperança, sem força pra continuar de pé.

Porém, por mais que os olhos de todos enxerguem isso, por mais que pareça que você vai cair a qualquer momento, apenas seus olhos são capazes de enxergar o que ninguém vê: as raízes que lhe sustentam – muitas vezes regadas pelas lágrimas que você derramou.

Acredite, você não vai cair. Tenha paciência, resista, e no momento certo Deus vai lhe dizer: "Tá bonito pra chover!"

O cachorro, o doutor e o matuto

Outro dia escutei
de um doutor muito astuto
que há milhares de anos
o homem foi bicho bruto,
mas que já evoluiu.
E a dúvida surgiu
em meu quengo de matuto.

Se a ciência tá certa,
se o doutor tem razão,
por que é que meu cachorro
me dá aulas de perdão,
de amor, de amizade,
de ternura, lealdade,
paciência e gratidão?

Seu Doutor, diga pra mim,
já que tu é tão sabido:
se o bicho tem ensinado
e o homem tem aprendido,
me responda aí, apois:
afinal, qual de nós dois
é o mais evoluído?

O drama do tamborete

Eu nunca enfeitei castelos
na corte da realeza,
tenho pouco acabamento,
sem detalhe, sem chiqueza,
sou entroncado e baixinho,
meu inventor foi mesquinho
e não caprichou em mim.
Nunca vou me conformar
e sempre vou perguntar:
por que me fizeram assim?

Quatro pernas bem fornidas,
assento de pau, de couro,
de tecido trabalhado,
compensado cor de ouro,
assento bem assentado,
pregado, bem martelado,
mas pra riba nem um braço.
Resta a mim ser paciente,
sou móvel deficiente,
não posso dar um abraço.

Em mim ninguém se escora,
porque senão cai pra trás,
não se espicha, não se deita,
não tira um cochilo em paz.
Se eu fosse uma preguiçosa,
macia, grande e formosa
de tecidinho xadrez.
Ah, se um dia o carpinteiro
me desmanchasse inteiro
e eu nascesse outra vez.

Nascesse cama, poltrona,
nascesse talvez cadeira.
É triste ser tamborete,
o mais barato da feira.
Não sirvo pra balançar,
muito menos pra enfeitar
a sala de uma casa.
Tô sempre aqui na cozinha
escondido, só na minha,
feito um pássaro sem asa.

O povo se trepa em mim
pra ir onde não alcança.
Às vezes sou esquecido
no caminhão da mudança.
Quando é dia de calor
carrego um ventilador
e o vento nem bate "neu",
refresca o criado-mudo,
fí duma égua sortudo
desde o dia em que nasceu.

Vou aguentando bufa,
peido xoxo, peido azedo,
peido alto, peido baixo.
Digo e não peço segredo
que é triste o meu lamento,
vivendo nesse tormento
será trágico o meu fim.
Peido vai e peido vem,
não demora pra alguém
cagar em cima de mim.

Lá em casa

Lá em casa tinha um pote
com água sempre gelada,
as cadeiras na calçada
e o rádio tocando xote.
Galinha, pato, capote,
vizinho, amigo e parente.
Tinha a vista do nascente
com sua beleza rara.
A casa não era cara
mas era a cara da gente.

Todo ano pai pintava
a fachada duma cor
sem precisar de pintor,
pois eu também ajudava.
Pai de tudo me ensinava,
matuto, mas consciente,
dizia insistentemente:
"A vida é quem lhe prepara."
A casa não era cara
mas era a cara da gente.

Quadro de Frei Damião,
estátua de Padim Ciço,
um cachorrinho mestiço
que nunca comeu ração.
A chama de um lampião
que brilhava reluzente
de seis da tarde pra frente
deixando a noite mais clara.
A casa não era cara
mas era a cara da gente.

Mãe guardava na despensa
farinha, milho, feijão,
rapadura, macarrão,
a lista era muito extensa.
Cada fí pedia a bença
a seus pais diariamente.
Se hoje eu ficar doente
a bença ainda me sara.
A casa não era cara
mas era a cara da gente.

Lá não tinha celular
pra navegar pela rede.
Tinha rede na parede
pra deitar e balançar,
um quintal pra nós brincar
na chuva e no sol quente,
pois ser criança é urgente
já que o tempo nunca para.
A casa não era cara
mas era a cara da gente.

Meus carrinhos de madeira
espalhados pelo chão,
peteca, bila, pião,
bola, pipa e roladeira.
Hoje a tela virou feira
e o brinquedo é diferente.
Por mais que o tablet tente,
garanto: nem se compara.
A casa não era cara
mas era a cara da gente.

Tem livro que a gente lê.
Tem livro que lê a gente.

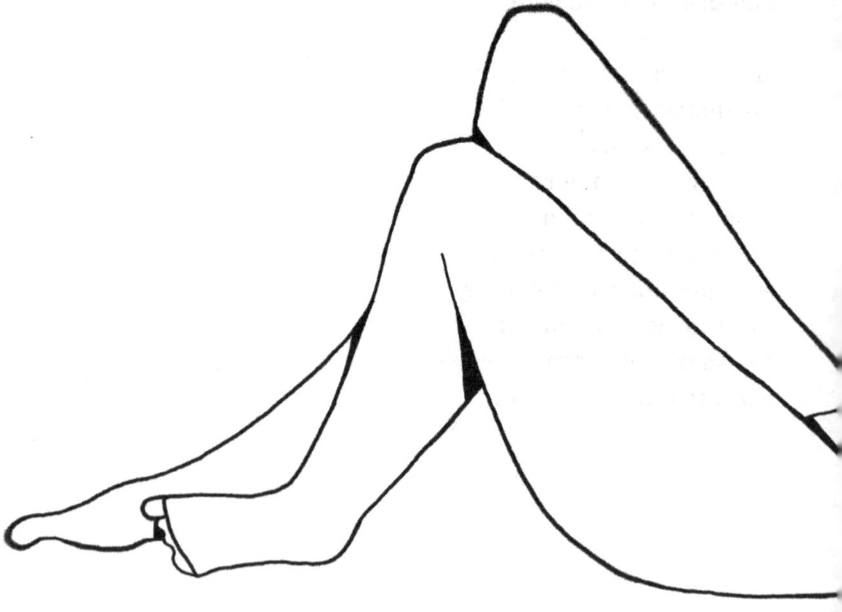

A lição que a morte deu

Na fazenda Ave Maria
no ano de oitenta e três,
deu-se um fato muito triste
que hoje conto a vocês.
Duas mortes repentinas.
Fecharam-se as cortinas
da vida de dois viventes:
Zé Vaqueiro, o peão,
Doutor Cesar, o patrão,
dois seres tão diferentes.

Diferentes na carcaça
e também no interior.
O patrão cheio de ódio,
o peão cheio de amor.
Cada qual com seus valores,
seus sorrisos, suas dores
e suas convicções.
Enquanto isso no céu,
Deus anota num papel
seus gestos, suas ações.

O patrão, muito egoísta,
jamais repartia o pão.
Nasceu em berço de ouro,
nunca passou precisão,
não acudia indigente,
nem ajudava um doente
prostrado num hospital.
Cheio de hipocrisia
pedia à Virgem Maria:
– "Livrai-me de todo mal."

Porém, missas e novenas
Doutor Cesar não perdia.
Batizou sua fazenda
em homenagem a Maria
por quem tinha devoção
e toda convicção
de que a santa preparava
o lugar dele no céu
sem taxa, sem aluguel,
na rua que ela morava.

Já Zé Vaqueiro era bom,
tinha uns quatro corações.
Deixava isso bem claro
na pureza das ações.
Ocupado na peleja,
nem ia tanto à igreja
mas só praticava o bem.
Era justo e generoso,
muitas vezes caridoso,
mesmo sem ter um vintém.

Tirava do próprio prato
mode dar a quem tem fome.
Ajudava a qualquer um
sem perguntar nem o nome.
Era muito judiado,
quase sempre injustiçado,
porém nunca reclamava.
Dizia que o sofrimento
era um teste, um treinamento
que Deus sempre lhe mandava.

Num dia comum da vida,
no Açude Juremal,
Doutor Cesar se banhava
e de repente passou mal.
– "Tô morrendo afogado!",
gritou ele, agoniado,
na hora da precisão.
Zé correu pra lhe salvar
mesmo sem saber nadar.
Morreram Zé e o patrão.

E a morte sem critérios
deu seu golpe derradeiro,
roubou a vida de Zé
e a do cruel fazendeiro.
Ninguém foge do destino,
seja simples, seja fino,
seja o limpo ou o imundo,
esse encontro é garantido
e por mais bem escondido
ela encontra todo mundo.

No outro dia ocorreu
o cortejo do patrão.
Mais de dez quilos de flor
perfumando o caixão
de madeiras trabalhadas
com quatro alças douradas
pro defunto ostentar.
Ao redor, vinte babões
que trocavam empurrões
brigando pra carregar.

Mais de cem motos na frente,
cinquenta carros atrás...
gente a pé, gente a cavalo,
coroa, faixa e cartaz
prestigiando o doutor
que nunca espalhou amor,
mas juntou um mar de gente.
Se fosse um pobre lascado,
posso até tá enganado,
seria bem diferente.

No mesmo dia avistei
o fim de uma vida dura,
num caixão de compensado
doado na Prefeitura.
Pouca gente acompanhando,
dez vaqueiros aboiando
e a mãe rezando um terço.
O derradeiro momento
da vida de sofrimento
de Zé, que nasceu sem berço.

Num mundo tão desigual
inté na hora da morte
o bolso deixa bem claro
qual dos dois teve mais sorte.
A verdade é nua e crua:
o vil metal continua
mandando e desmandando.
Essa conta eu fiz ligeiro:
o que tinha mais dinheiro
deixou mais gente chorando.

Depois da viagem feita
pro mundo espiritual,
o lugar que deixa claro
quem é do bem ou do mal,
fica tudo evidente,
a justiça é transparente
e nunca é manipulada.
É a hora da verdade
em que toda a humanidade
um dia será testada.

Doutor Cesar acordou mal,
pingando suor na testa.
Já foi logo reclamando:
– "Eita calor da moléstia!
Devo estar no quarto errado,
não tem ar-condicionado,
nem TV, nem frigobar.
Cadê a Virgem Maria
pra mudar minha estadia
e me reposicionar?"

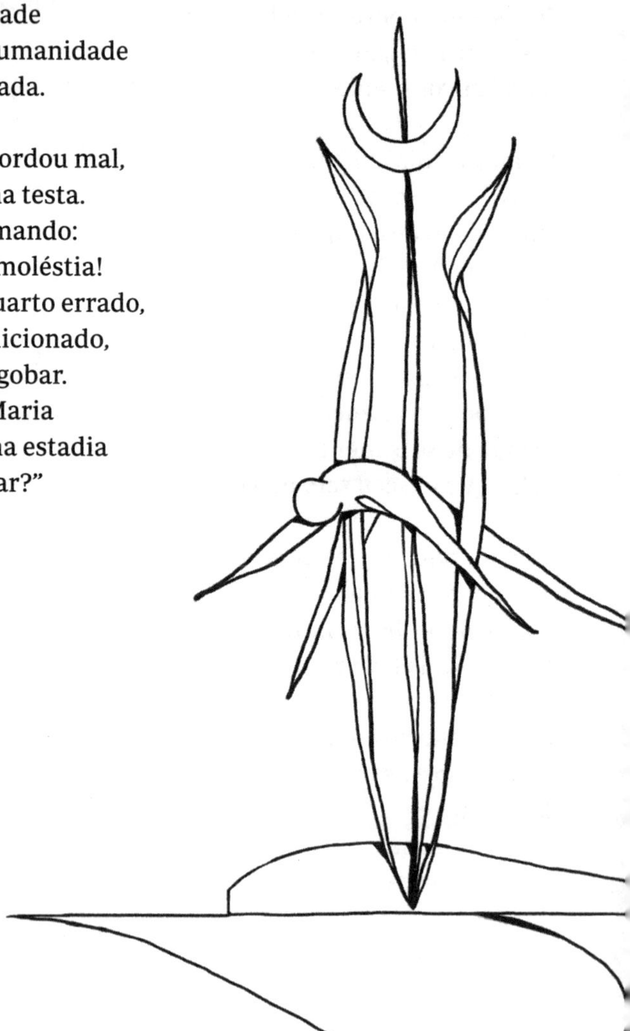

Nisso entrou um galegão,
jeitoso, de olho azul.
E disse: – "Prazer, doutor!
Eu me chamo Belzebu.
Eu que fiz o seu check-in,
pode reclamar de mim,
se tiver mais algum susto.
Aproveite a estadia
regada de agonia,
afinal, o cão é justo."

O doutor, inconformado
por ir morar com o cão,
perguntou a Belzebu:
– "E cadê o meu peão?
Infeliz, nem me salvou,
nem pra isso ele prestou,
deve estar ardendo em brasa.
Me responda o que precisa
pra eu ir dar-lhe uma pisa.
Onde fica sua casa?"

O cão disse: – "Cabra burro,
morreu, mas não aprendeu
que Zé tinha um coração
bem diferente do seu.
Lá onde ele foi morar
a gente não pode entrar,
mas lhe mostro do portão
que vai dar pra você ver
e de longe conhecer
a casa do seu peão."

A rua estava enfeitada
pois à noite tinha show,
e esse era especial
pois foi Deus que organizou.
O palco todo montado,
a luz e o som testado
pra grande apresentação.
O encontro de dois reis
tava marcado pras seis:
Elvis Presley e Gonzagão.

Lá na calçada do céu
a derradeira lição,
quando avistou Zé Vaqueiro
pelas brechas do portão.
Se balançando na rede,
batendo o pé na parede,
escutando cantoria,
sem se preocupar com nada,
merendando uma coalhada
feita por Virgem Maria.

Era uma casinha branca,
pequena, porém tão bela,
com flores de todo tipo
penduradas na janela.
Na frente tinha um terreiro
e numa placa o letreiro
dizendo: "Passe pra dentro!"
No quintal a plantação:
macaxeira, pimentão,
cheiro-verde e coentro.

Com pouco tempo chegou
Jesus Cristo num jumento.
E disse: – "Zé, meu irmão,
acabou seu sofrimento!"
Em seguida deu-lhe a bença
e disse: – "Lá na despensa
tem uma feira sortida
que dura a eternidade,
comprada pela bondade
que você pagou em vida."

Nessa hora, Doutor Cesar
sentiu arrependimento,
dizendo: – "Eu quero morar
é nesse loteamento."
O cão disse: – "O corretor
é Deus, o tal Salvador.
E olhando o seu extrato
uma coisa eu lhe garanto:
que aqui não é seu canto,
compre um lote mais barato.

Lá na rua da Tortura
tem um condomínio triste,
dos feios que têm por lá,
o mais feio que existe.
Não tem árvore nem flor,
mas eu garanto ao senhor
que dá pra você pagar.
Mora cão do mundo inteiro,
diz que Hitler é o porteiro,
é lá que tu vai morar!"

O doutor disse: – "Amigo,
sou um grande fazendeiro,
tenho terra em todo canto,
ouro, joias e dinheiro.
Sou letrado e tenho estudo,
mesmo assim eu troco tudo
por um barraco no céu.
O inferno é uma prisão,
não é lugar pra mim, não
que sempre fui tão fiel."

O cão deu uma risada
e disse: – "Seu Doutorzim,
você diz que foi fiel,
porém foi fiel a mim.
Você nunca fez o bem,
jamais ajudou alguém,
e agora tá reclamando.
Avie, vamos simbora,
pois se tiver mais demora
vai até lá apanhando."

Nessa hora, Jesus Cristo
encostou lá no portão
e disse: – "Quem sabe um dia
você ganha o meu perdão.
Acredite, o sofrimento
é pro seu melhoramento,
vai ser lá sua morada.
A conversa aqui se encerra,
pois o dinheiro da Terra
por aqui não vale nada!"

Agradeço a Deus, que me fez poeta, e a Nana Vaz, mulher e profissional arretada que me ajudou a parir mais um livro pro mundo.

Morreu Maria Preá

CONHEÇA OS LIVROS DE BRÁULIO BESSA

Poesia que transforma

Recomece

Um carinho na alma